삶의 매혹자

삶의 매혹자

초판 1쇄 인쇄일 2017년 3월 17일
초판 1쇄 발행일 2017년 3월 24일

글·그림 예선영
펴낸이 양옥매
디자인 남다희
교 정 조준경

펴낸곳 도서출판 책과나무
출판등록 제2012-000376
주소 서울특별시 마포구 방울내로 79 이노빌딩 302호
대표전화 02.372.1537 팩스 02.372.1538
이메일 booknamu2007@naver.com
홈페이지 www.booknamu.com
ISBN 979-11-5776-406-8(03810)

이 도서의 국립중앙도서관 출판시도서목록(CIP)은 서지정보유통지원 시스템
홈페이지(http://seoji.nl.go.kr)와 국가자료공동목록시스템
(http://www.nl.go.kr/kolisnet)에서 이용하실 수 있습니다.
(CIP제어번호 : CIP2017006111)

삶의 매혹자

글·그림 예선영

책과나무

¹삶

"살아 있어서 참 좋다."

²사람

Ms. Yeah

³사랑

사랑이면 늘 옳아요

지구별에 와 살길 참 잘했어요.
우리는 왜 이렇게 복이 많지요!
우리는 생명을 축하는 것 외에
뭐, 별다른 할 일이 없습니다
딩 가 딩 가. 무 無. 위 爲.

- Yeah. Crew. -

프롤로그

무슨 일을 만나든지 만사형통.

어떤 이를 만나든지 만인형통.

(인)

만사형통, 만인형통.

내 평생 그렇게 되실 것을 밝히 아시고

지금 당장 친애하는 원수들에게까지

두루두루 한 턱 쏩니다.

물론 지성인이라면

자기에게 최고의 밥상을 대접하는 건 기본입니다.

칙칙하고 부정적인 것이라고 찌지를 붙인 것에도

고마운 입맞춤을 해요.

형통하지 않는 것들도 정답게 꿰차고 가니

그야말로 인생이 만사형통이지요.

나는 잘되게 되어 있어요.

자신에게 도달할 테니 지금 기쁘지요.

나는 벌써 이겨 놓고 싸웁니다.

우리들의 평화로운 꿈들은

곧 다 이루어질 것입니다.

이 사실에 승인, 결재, 계약, 서명, 도장, 복사, 장기 집권!

목차

1 삶 /

² 사람

3
사랑

"살아 있어서 참 좋다."

¹삶 ´

삶의
매혹자 1

나는 매혹자입니다. 반항아이길 포기하지 않은 삶의 유혹자지요. 나는 인간으로 더 깊숙이 들어가는 중이에요. 오늘 할 일을 내일로 미루기도 합니다만 매 순간을 즐기는 것은 결코 양보할 수 없습니다. 나는 나답게 있어요. 나로 있습니다. 그래서 즐거워요. 만약 그렇게 하지 못하게 하는 사회의 권세에는 저항합니다. 따라서 사람이 다소 폭력적일 수 있어요.

전에는 삶의 멱살을 몇 번이고 잡았지요. 지금은 세상 착해졌어요. 방긋 사람이 되었어요. 만만찮은 행운아로 변했습니다. 이제는 우리를 가르쳐 보려고 수고가 이만저만 아닌 삶을 찬양합니다. 그간 나도 삶을 '꼬셔 보려고' 콧노래, 휘파람 무던히도 불었지요.

어느 날 삶이 나를 보더니 반하더랍니다. 삶도 나의 매력에 빠지지 않을 수 없었겠지요. 내 다 이해합니다. 이제는 삶이 나를 이끌고 갑니다. 나는 못 이기는 척 따라갑니다. 웃으며 갑니다. 나는 진짜가 되었습니다. 삶의 모든 것들하고 눈이 맞습니다. 생명과 존재들과 바람이 나고 말았습니다. 통하기 시작했어요. 몸에 박힌 돌멩이도 아프지만 사랑스럽습니다.

작년보다 더욱 전지전능하고 싶습니다. 그래서 현재는 삶에게 굽실, 알아서 깁니다. 내 숨을 쉽니다. 내가 나를 책임졌습니다. 길을 내고 있습니다. 낭만을 갖추어 놓고 하고 싶은 일을 합니다. 사랑을 합니다.

이제 나는 우르르 달려가 그대를 들었다 놨다 할 것입니다. 자극할 것입니다. 나는 죽지도 않을 것들이 죽은 것처럼 시들시들한 것은 눈 뜨고 못 봅니다. 아름답고도 신경질이 납니다. 그래서 들쑤시려고 왔어요. 도발하기 위해 왔습니다. 내가 왔습니다. 오지랖 넓히러 오셨습니다. 기쁨으로 재탄생했습니다.

나는 지금부터 겨우 달린 잎사귀의 따귀를 때릴 겁니다. 무지막지 훑어 버릴 겁니다. 어떤 야바위도 통하지 않습니다. 새판을 짤 것입니다. 같잖은 배역을 끝내주게 하고요. 찰나마다 말갛게 있고요. 생명을 후련히 경영합니다.

조심하세요. 그대는 나를 한 번 지나쳐 가기만 해도 나를 잊지 못할 거예요. 나는 그대의 가슴에 나의 이성과 감성을 심어 놓을 테니까요.

끌림과 떨림으로 나는 여기 있어요. 나는 냉동 만두, 인스턴트, 믿음으로 먹어야 낫는 감기약 같은 효과로 있습니다. 간편하게 존재합니다. 영원한 현재 진행형이라 죽을까 봐 겁이 없습니다. 그러므로 성큼성큼 다가가 사랑을 고백할 겁니다. 흔해 빠지게 정다울 겁니다.

앞으로 우리는 소박도 맞아 주시면서 대박을 터트릴 것입니다. 올해는 굉장한 날들이 펼쳐질 것입니다. 즐거운 시대가 도래했어요. 데이터베이스에 입각해서 잘됩니다. 우리는 여태 그리 잘해 왔고요. 두고 보셔도 좋습니다. 결국에도 잘되게 되어 있어요.

그러니 일이 잘 풀린다고 우쭐댈 필요도 없고요. 하는 일마다 죽 쑨다고 신세 한탄할 이유도 없지요. 그저 나만 쉴 수 있는 내 숨, 오롯이 쉬고 살면 돼요. 심심한 자기에게 꽃다발을 주어요. 깊이 선사합니다. 반짝반짝 만사형통, 만물형통 할 준비를 합니다. 용감하게 맞이합니다. 자신을 정성껏 품어 안아요. 좋은 나를 지속해요. 장미향 진동하는 혁명을 합시다.

살아 있는 사람한테만 갈게요. 행복하고 계세요. 70억 사람의 70억 개의 꿈을 축하합니다. 대인배로 내내 삶을 즐깁시다. 삶의 매혹자로서 어여쁘세요. 수고하십시다. 우리 손잡아요. 악수!

Ms. Yeah

나의 세상에 온 것을 /
환영해요

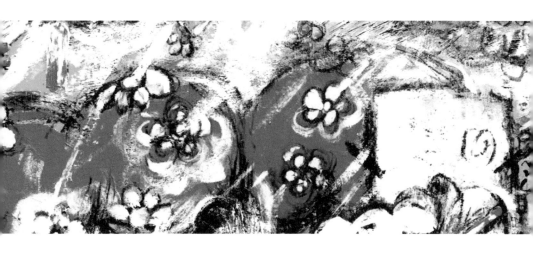

참 의미의 세상을 봐요. 하늘 위의 하늘을 봐요.

이왕 이렇게 된 거 하늘 위의 하늘의 하늘까지요.

안심해요. 기뻐해요. 더불어 맘껏 희망해요.

당신이 메시지지요. 우리가 끝내주는 메시지예요.

삶의 매혹자, 이 한 사람만 있어도
우리 동네에 청량한 바람이 부는데요.
어머! 사람 살려! 여럿 사람 살리는데요.
맑고 시원한 물이 솟아요. 행복 샤워하는군요.
사람이 상쾌하기도 하지요. 삶이 감동이지요.
세상에나! 세상에 생기가 넘치네요.
옳아, 살아 있어서 좋습니다.
그대, 내 세상에 입장할 자격이 되십니다.

인간 노릇, 고생이란 것도 해 보고
한번 살아 볼 만합니다.
숨 쉬는 것들은 어떤 모습이든 몽땅 축복이지요.
사랑이지요. 하늘 꽃다발이지요.

나의 세상에 온 것을 환영해요.

By Ms. Yeah.

_ 삶의 매혹자

예! /

예! 삶에게 "예!"라고 대답했어요.

사랑, 기쁨, 꽃, 빛, 먹어요. 불안, 불편, 결핍, 슬픔, 눈물, 이별, 고통, 고독, 고생. 먹어요. 마음껏 맛봐요. 맛내어 보여요. 멋지어 보여요.

그러니 슬픔은 꽃 슬픔. 꽃 운명, 꽃 팔자, 꽃 미움, 꽃 분노, 꽃 한, 꽃 불안, 꽃 흠. 그 밖에 꽃 초조, 꽃 실수, 꽃 실패, 꽃 불행, 꽃 부끄러움, 꽃 이별, 꽃 죽음, 꽃 불안, 꽃 침잠, 꽃 고생, 꽃 문제. 삶의 전부가 꽃이지요. 추억이지요. 멀리서 보면 절경이지요. 헛되고 헛된 인생이면 뭐 좀 어때요. 헛된 것마저 즐거운 걸요.

삶이 주는 모든 것에 나는 Yeah! 예스! 여부가 있겠습니까? 예, 예, 합니다. 매력 있는 삶의 매혹자는 "예.", 합니다. 좋다, 나쁘다 판단 없어요. 그냥 삽니다. 겪는 즐거움만 있습니다. 온통 잔치입니다.

나는 삶이 주는 대로 넙죽 받아먹습니다. 삶이 허락하지 않는 것은 꿈도 안 꿉니다. 이 태도가 사람 몸에 좋다는 용기예요. 이것이 잘 빠진 사람의 맵시입니다. 젊음의 비법입니다. 사람이 아름다울 수 있는 비결이겠지요.

삶은 /
유희

  상처의 에로틱, 고통은 생각의 풍크툼, 불안은 황홀, 허무의 미학.
모두 팔자 드세다고 딱지붙인 정다운 날개들입니다. 전부 사랑으로
날기 위해서 있어요. 어두운 감정들도 중요하고 가치가 있지요. 그래
서 삶이 하수구를 걷겠다면 말리지 말아 주세요. 필요해서 하는 것이
에요. 하수구를 걸어도 절대 긍정이니까요. 꽃길은 안 배워도 우아하
게 뛸 수 있으니까요. 사실 우리는 전부 꽃길 걷고 있고요. 알고 보면
삶 전체는 '아하!' 즐거운 농담들이지요. 삶은 유희지요.

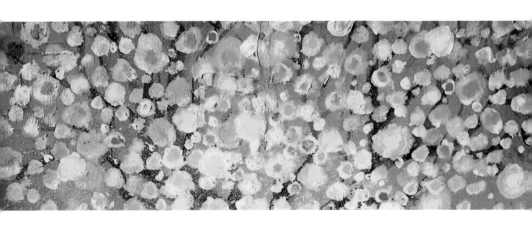

뜻을 펼치는 / 섹시한 시대

뜻이 하늘에서 이루어진 것처럼 하늘 뜻은, 여기 이 땅,
짜장면을 즐겨 먹는 '나' 같은 시민을 통해서 이루어지고 있습니다.
하늘 뜻이 내 뜻. 내 뜻이 하늘 뜻. 그래서 섹시한 내 뜻.
내 피보다 조금 더 뜨뜻한 뜻. 사람을 녹여주는 뜨신 뜻.
떳떳한 뜻. 높은 뜻. 숭어 같은 싱싱한 뜻.
홍홍弘弘! 너비아니처럼 널리널리.
우리 아빠와 만개한 자연과 70억의 사람을
기쁘게 해 주는 것이 내 뜻입니다.
한 사람만이라도 행복하게 해 줄 수 있다면 나는 신神이 나요.

PS

뜻을 세우니 두려움이 오나요? 좋아요. 바로 그거예요.
이미 반은 먹고 들어왔어요. 두려움이 없는 뜻은 시시해요.
두려움이 오면 일단 좋은 징조예요.

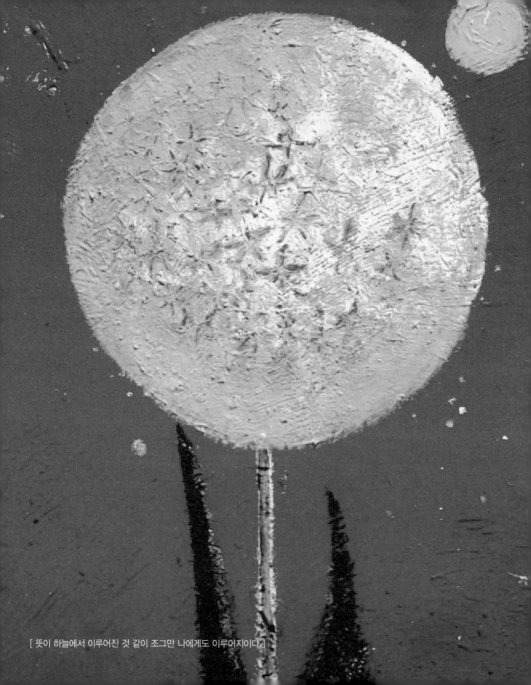

[뜻이 하늘에서 이루어진 것 같이 조그만 나에게도 이루어지이다]

평범하고도 ╱
명확한 삶

지금 여기. Be Here Now.

떠요. 눈을 떠요. 얼씨구, 존재 송이들이 들어옵니다.

쌀 씻을 때 오롯이 쌀 씻고 비질할 때 한 가지 비질해요.

똥강아지에게 밥 주고 쓰레기를 치우고 설거지하고 능금을 깎을 때,

행동 하나하나에 집중해요. 빛을 비춥니다. 그런 자기를 감상하고

즐기지요. 나는 내가 제일 재밌습니다.

음, 미치도록 바꾸고 싶은 의식 놀음. 순간 찰나 속에 숨은 영원을
뽑아내지요. 지금 여기에서 인간 의식의 완전함을 맛보고 있어요. 어
떤 일을 할 때 한 가지 마음. 마음이 지금 여기에 떠나지 않도록 초점,
중심, 전심을 가지고 다정하게 머물러요. 초점 맞춰 떨어지는 은총의
빛 모아 살라요. 이리저리 눈 간음 안 해요. 소박한 나의 삶을 태워 볼
게요. 현존 the present이 주는 선물을 받아요. 나를 알뜰히 태우지요. 통
째로 삶을 태워요. 은은히 살아요.

그래서 길어 올려요. 너끈히 나를요. 침침한 구름 순식간에 사라져
요. 날카롭고 따뜻한 햇살이 내리꽂히는군요. 과거도 미래도 없는 생
생한 삶이지요. 명확한 삶이 고급이에요.

나는 평범하고 이름 없는 내가 내 취향에 알맞습니다. 생긴 대로 그
냥 삽니다. 깨어서 삶을 바칩니다. 생활의 불꽃으로요. 의연한 태도로
빛을 보일게요. 여린 새들에게, 들꽃에게, 하늘 닮은 벗들에게요. 평
범하고도 명확한 내 삶으로 보답할게요.

_ 삶의 매혹자

생활과의 /
진한 연애

나는 연애인^{lover}. 생활의 달인이 될 락樂 말 락樂.

나는 심심할 때 빼고 심심할 여가가 없습니다.

나는 지금 생활과 연애하느라 뜨거워요.

감자볶음 하나 달달 볶아도 복음福音, 이렇게 기쁜 소리.

양말 한 짝 신어도 짜릿하고요. 이렇게 깊은 생활의 격.

세수만 해도 인생 이리 산뜻한데요. 이렇게 기품 있는 내 꼴.

전쟁 같은 생활의 환희. 도떼기 시장 통에서도 사뿐사뿐 걸어요.

생활하는 태가 아름다워야 소박을 안 맞지요.

링크 link: 집구석에서 천국 가기.
삶의 기술은 김칫국물 흐르는 #생활을 통해서.

_ 삶의 매혹자

즐거운 /
깍두기

삶은 깍두기 하나를 씹어도 즐거우십니다. 정성을 다합니다.

　일단은 물에 밥을 말아요. 똥꼬는 오므리고 오감을 벌려요. 다섯 개
의 촉수를 생활 깊숙이 넣어요.

밥을 풀 때 숟가락의 느낌, 밥과 물이 섞이는 모양을 봐요. 숟가락으로 밥 한술 떠요. 이제 깍두기를 봐요. 색깔과 냄새를 보고요. 이제 깍두기를 집어 봐요. 젓가락을 꽉 쥐는 손가락 느낌을 느껴요. 깍두기의 향기를 음미해요. 천천히 씹어 봐요. 오도독 그 느낌을 가득 느껴요. 깍두기의 냄새와 맛, 식감, 소리 한꺼번에 먹어요. 그리고 의식적으로 삼켜요. 식도로 깍두기가 내려가는 느낌. 아! 이 목 넘김을 그대로 느껴서 내 것으로 해요. 이가 시리면 시린 느낌도 그대로 받아 안아요. 나만의 느낌으로 다시 한 번 느낍니다.

음! 소박하고 명징한 느낌. 살아있다! 오르가슴 오릅니다. 살아 있는데 더욱 풍성히 살아 있다고 느껴집니다.

도는 생활하면서 닦지요. 도의 절정을 이룬 밥과 깍두기로요. 아! 물만 밥, 즐거운 깍두기, 왕의 잔반 깍두기, 고마운 찬물. 나는 미스 리, 미스터 김은 좀처럼 내 스타일 아니지만 생활과의 연애, 이 연애질 하나는 끝내주게 잘합니다. 나는 대책 없는 연애인lover 맞습니다. 먹고 사는 내가 거룩합니다.

좀 떵떵거리고 / 살게요

창을 열었더니 통통한 새벽 공기. 맛있어요.

때 구정물 흐르는 아이가 건넨 알사탕. 아, 맛있어요.

애인의 잔소리, 부모님의 성화. 내 잔이 넘치고 있어요. 이대로 뜨겁게 사라져도 그냥 좋은 삶이예요. 미안해요. 좀 떵떵거리고 살게요. 삶이 맛있어서 어쩔 수 없습니다. 이제 밥 지으러 갑니다. 웃음 지으러 갑니다. 복 짓고 돌아오겠습니다.

사람이면
노래를 할 줄 알아야죠

내가 가끔 친절을 잊어서 그렇지
삶은 본래 친절하고 있네요.
우리에게 닥치는 모든 것은
내 신상에 싱싱한 것들이에요.
이 사실을 알기까지 고생 숱했지요.
그래도 노래는 꾸준히 했지요.

즐겁고 거룩한 노래 하나가 우리를 낳았어요.
그러니 우리는 배반당하지 않을 겁니다.
그래도 노래를 못하면 시집을 못 가요.
노래를 못 부르면 장가를 못 가요. 아! 미운 사람.
그래서 나는 하와이 꽃을 든 신부처럼 어떻게든 부를래요.
부끄러우면 살금살금 콧노래라도 음, 음!

노래를 지금 당장 부른다면 삶이 기똥차지요.

[살리고, 살리고, 분위기 살리고, 사람 살리고!]

나는 이제부터 노예의 불평 따위는 거들떠보지 않을 겁니다.
살면서 웬만한 문제는 어느 때고 주인으로서
노래를 못 뽑았던 이유였잖아요.
좋은 삶은 노래를 자주하는 사람이 만들어요.

나는 오늘 아무래도 교양 있게 입을 다물 수 없어요.
친애하는 삶에게 예의를 갖추어야겠습니다.
젓가락 두드려 노래 한 가락 째지게 불러야겠습니다.
저작권 봉긋한 가사로, 세상 가장 주체적인 멜로디로요.
내 노래가 누구의 삶에 햇볕 한 줌 될 수 있다면 좋겠다!
욕심도 내어 봅니다.

'즐겁다'라고 말만 해도 / 즐겁습니다

즐거움을 줘도 못 먹는 어리석은 바보가 있었지요.

공교롭게도 나였어요.

그 바보가 그 어리석음을 끝까지 고집하면서

목숨 다해 지켜 낼 수 있다면,

아주 쓸데없는 일을 무익한 방식으로 즐거워하면서

완벽한 하루를 살아 낼 수 있었으면.

나는 또 그러고 있네요.

아이쿠! 이런 내 삶의 양식이 즐겁습니다.

"즐겁다!"라고 말만 했는데도 사는 것은 즐겁습니다.

숨 쉬는 사람은

"즐겁다!"라고 말만 해도 즐겁게 되어 있습니다.

_ 삶의 매혹자

싱그러운 '물음'이
자꾸 나옵니다

삶을 물어요. 별들에게 물어봐요. 삶이 뭔지.

맨날 반복되는 하루인 줄 알았어요. 천만의 말씀, 만만의 콩떡. 삶의 시간은 누적되고 있었어요. 사는 만큼 성장을 하고 있고요. 추억이 쌓이듯이 우리의 삶은 매일 진보하고 있어요. 그래서 어제보다 오늘이 더 낫습니다.

삶은 점점 좋아지고 있습니다. 존재들이 수직으로 시간이동을 하면서 더불어 공동 창조를 하고 있어요. 휘어지고 구부러지고 솟구치고 도망치고 때려 박고 거품처럼 넘치고 말라 버리고 향상하고 사라지고 튀어나오고 숨고 찢어지고 뭉치고 그래요. 그래서 내 삶이기도 하지만 우리 삶이네요. 나는 이 장엄하고 경이롭고 속되고 부끄러운 느낌. 삶에 싱그러운 '물음'이 나옵니다. 삶이 뭐지요? 아! 왜, 왜 이렇게……?

말로 할 수 없어요.

그래서 침묵해요. 파우스트, 이제 나에게는 말이 필요 없어요.

몰라요! ╱

침묵 후에 온 것은 햇빛 밝으니. 감탄이었어요.

!

어느 화창한 날 '아하! 아하!', 무릎을 딱 쳤답니다.
삶! 그것은, "몰라!"
'모른다.' 하니 해방이었어요. 속 편한 자리였어요. 그윽한 분위기였지요. 세상에! '메롱'이 나오는 거예요. 삶은 몰라요. 나는 삶을 몰라요. 왜 이렇게 나는 행복이지요. 내가 별일 없는 사람처럼 보일지라도 나는 별 보는 것을 잊지 않습니다. 모두가 짜릿한 카이로스시간입니다. 내가 누구인지, 이 싱그러운 물음과 내가 들어가 있는 풍경이 절경입니다. 질문을 할 수 있다면 지옥이라도 나는 살아요. 감탄이라도 나온다면야 나는 당장 이 세상 꾀 · 꼴 · 락(樂) 하직해도 좋아요.

별빛 명상 후

내게 뱀, 자라,
물개 같은 삶의 정열 　　／

나는 계속 삶으로 절씨구씨구, 들어갑니다.

　　　　　　　　　　　　　　　　　　　　_ 삶의 매혹자

삶은 /
신비

나는 삶을 환히 모를 것입니다.

앞으로 내 인생이 어떻게 펼쳐질지,

반드시 모를 거예요.

'살맛'이라는 것은 베일에 가려져 있어요.

삶은 신비라, 그때그때 걷어서 맛을 봐요.

그래야 신선하지요. 오르가슴이 높지요.

삶의 이유 있는 비밀을 허許합니다.

잘 몰라야 게임을 즐길 수 있어요.

인생을 뻔히 알면 나보고 어떻게 살라 하나요?

오히려 확실한 것은 값싸게 얼마든지 살 수 있잖아요.

뭘 좀 아는 사람은 불확실한 삶을 진작 받아들였어요.

뻔히 아는 삶 말고요. 신비로서의 삶이요.

삶을 예측할 수 있다면, 미래의 삶이 확실하다면

나는 오늘 또 꾀 · 꼴 · 락樂 죽으려고요.

삶은 싱싱합니다. 신선한 신선처럼.

_ 삶의 매혹자

착하지요 /

삶의 매혹자는 착해요.

삶에 착 붙어 있지요.

척할 필요 없어요.

삶에 착 붙어 있으면 그대로 진실인 걸요.

누가 뭐래도 삶에 착 붙어 있어요.

그래야 바르지요. '착'하지요.

나는 내 삶이 기뻐요.

살아 있어 참 좋아요.

살아 있어서 신神나요.

살아 있어 고마워요.

이 정도면 나도 착하지요.

삶에 착 붙어 있지 않는 사람은 아무도 없어요.

그래서 세상을 자세히 보면 이렇게 착하고 아름답네요.

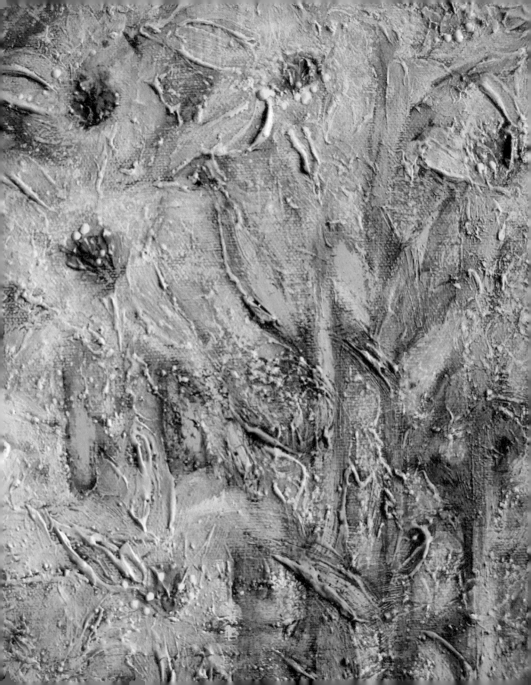

시대를 주름잡는 / 해석

 삶보다 해석이에요. 삶을 잘 해석하면 최고의 삶을 살 수 있지요.

 사는 데는 정답이 없잖아요. 꿈보다 해몽이라 해석을 매끈하게 해 줘야 삶이 미끈합니다. 개꿈을 꿔도 근사한 해석을 덧붙인다면 그 꿈은 길몽이에요. 나는 좋은 삶을 가지려 좋은 해석을 합니다. 겪어 온 삶에 의미와 가치를 정성껏 붙입니다. 편집을 잘하면 아름다운 삶이 내 것이 되죠. 여태 역사 앞에서 울었으면 이제 '오케이!', '땡큐!' 하고 웃었으면 좋겠어요. 해석이 수려하지 못하면 얼굴에 주름이 잡히지요. 인생의 경험과 전망에 편집을 상쾌하게 하는 인간이 시대를 주름잡지요.

삶은 나에게
좋은 것만 줍니다

／

넋이라도 있고 없고 우리는 안전합니다. 희망이 있기만 한다면 안전하지요. 희망이 안 보이면 발명이라도 해 버리죠.

확신하건대, 단언컨대, 삶은 나에게 좋은 것만 줍니다. '지지리 복도 없지, 궁상맞은 삶이구나, 인생 조졌어.' 이런 생각이 올 때가 있죠. 그럴 때 삶은 나에게 좋은 것만 준다고 신뢰해 보았습니다. 그때부터 좋은 것만 주는 삶이 힘껏 펼쳐졌습니다. 믿는 대로 되잖아요. 말하는 대로 되는 것은 말할 것도 없고요. 나는 삶을 믿어요. 삶의 힘을 신뢰합니다. 삶은 나에게 좋은 것만 골라서 줍니다.

_ 삶의 매혹자

춤추는 /
삶

춤 없는 삶은 개에게 줘도 안 먹지요(그래도 개는 꼬리치며 반갑다고 멍멍, 가련한 삶이라고 핥아 줄 거예요). 여하튼 춤추지 않은 날은 말짱 도루묵 하루예요. 남자는 전투를 잘하고 여자는 출산에 능하지요. 그런데 우리는 공통적으로 춤을 추는 데 능해야 해요. 춤추지 않고 미소가 따르지 않는 진리는 가짜지요. 가짜는 탄로 나요.

니체Friedrich Nietzsche라는 사람이 그렇게 허무하고 염세적으로 보이지요. 그런데 춤을 출 줄 알았지요. 니체는 사실 기쁜 불꽃이었지요. 참한 사람이지요. 젊은 베르테르의 영혼은 온통 기쁨이었지요. 춤은 삶이 '그래서', '그러함에도 불구하고' 추는 것이에요. 사람은 원래 기쁨이다, 는 것을 기억하게 해 주지요. 춤추는 삶이 인격 고매한 삶이에요. 여태 비참한 기분을 높이 평가한 철학자나 예술가가 있었나요? 물론 허무나 염세도 춤이지요. 삶을 성장시키는 기쁨 중 하나이지요.

춤 없는 인생의 무례함이란.

춤 안 추고 사는 이 께적지근한 뒷담화.

자기의 세상이 험악하다는 것은 춤을 안 추며 사니까 그래요.

단박에 삶을 밝히려면 춤이 직방이죠.

우리는 절망이나 슬픔과 역경을 줄이고 기쁨의 빛을 가져오려고 안 간힘을 쓰고 있어요. 춤은 지독한 지옥일지도 모를 지구와 삶에 대한 신뢰예요. 지구는 말 그대로 사랑의 뜻으로 지어진 '배려된 지옥'인 것 같아요. 고도를 낮춘 천국 말이에요. 그래서 규모 있게 살림을 해나가면 지구보다 인간적인 재미가 있는 곳은 없을 거예요. 이렇게 좋은 곳에서 어떤 삶에도 춤추기로 작정한다면?

만약 날지 못하고 달릴 수 있다면, 달릴 수 없고 걸을 수 있다면, 걸을 수 없고 기어갈 수만 있다면 춤을 멈추지 말아야 해요. 송장이 될지언정 발가락이라도 휘휘 저어야 해요. 자가 발전기를 돌려요. 배터리를 충전해요. 손을 젓고 머리를 저어 줘야 앞으로 나아가지요. 아침부터 아침까지 쉴 새 없이 나를 즐기지요.

양심이 있으면 춤을 춰야 해요. 싸가지 없는 종자들이 개판을 친다면 '아, 내 탓이지.' 내 탓을 하면서 살아요. 내가 짊어질게요. 그래서 더 젊어질게요. 탄력받고 있으면 이제는 외쳐요. 세상의 아픔이 내 탓이라고요. 당신의 눈물이 내 탓이라고요. 모조리 내 탓이다, 하고 즐겨

_삶의 매혹자

요. 그래서 죄란 죄를 죄다 이고 그리스도만큼 진한 십자가를 진 다음 떨어내요. 사랑, 사랑, 살랑 살랑. 산들바람처럼 흔들어요. 몸에서 바람이 불게 해요. 시원한 바람이요.

자기 향락이 피톤치드예요. 긴장, 바라지 않는 생각들과 느낌들이 있더라도 일단 춤을 내요. 그러면 나로부터 휩쓸려 나가요. 만수산 드렁칡 같은 생각을 날려 줍니다. 춤을 춰야 사람이 됩니다. 인간이 때깔이 납니다. 춤이 삶의 양날의 검입니다. 사람을 사람답게 만들어 줍니다. 께름칙한 삶의 분위기를 푹푹 삶아 깨끗하게 세탁하고 싶으면 춤을 춥니다.

우리 머리 위에는 먹구름이 끼어 있을지언정
먹구름 높은 위에는 항상 빛나고 뜨신 태양이
우리를 비추고 있다는 것을 기억해요.
파편의 경치에 쫄지 말고요.
비바람 맞고 찌그러지지 말고요.
만약 그랬더라도 '퍼뜩', '문득' 다시 펴고요.

하! 트위스트.
작심삼일 춤. 작정하고 춤.

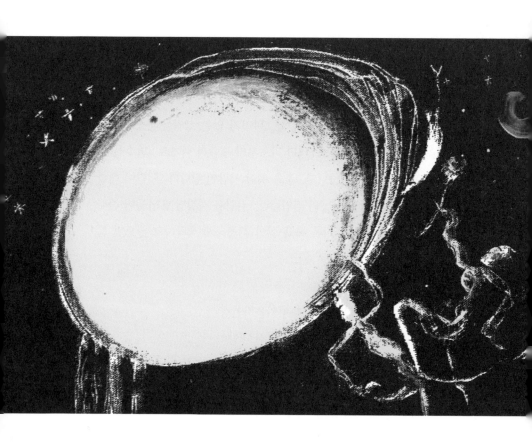

48

전 국민 뛰어요. 지화자! 좋아요.

난리 브루스, 까불까불 격식을 갖추고

트로트 감성 가지고. 클래식 감각 가지고. 재즈 분위기 가지고.

담백한 탱고로, 우아한 막춤으로.

헤라클레스 같은 몸의 기득권을 가지고.

힙합 민요풍으로, 축축한 음악으로.

엉덩이를 신나게 해요. 흔들어요. 흥겹게 살아요.

삶이 춤출 수 있게요. 자비로운 그대가 좀 도와줘요.

지구별에 소풍을 와 놓고서는 춤도 안 추고 가면 반칙이에요.

춤 춰요! 혼자 추는 춤도 좋고요.

사랑하는 사람과 노파리가 나요. 함께 흔들어요.

죄책감에 절은 이브! 어서 들어와요. 춤으로. 우린 지금 빨라요. 이전 속도와는 비교도 안 돼요. 부릉 부릉! 이것은 내 입에서 나오는 소리가 아니에요. 우리 영혼이 달리는 소리지요. 흔들어요! 첼로!

피로한 삶이 도대체 다 조상 탓이다?

'예!'가 아닙니다. 지금 당장 우리가 기뻐 뛰면, 이 분위기를 몇 년간 유지할 수 있다면, 역사의 한은 모조리 풀어집니다.

자. 얼른 삶을 춤추게 해요.

그냥
살아요

삶이 주는 어떤 것도 거부하지 않아요.

우리 그냥 살아요. 그냥.

그냥 좋은 지금 여기잖아요.

_삶의 매혹자

나는 언제나 나여요.
아무도 나의 왕국을 짓밟을 수 없지요.
나는 천둥같이 구르고 있거든요.
나는 번개같이 쏘고 있거든요.
나는 춤추고 노래하고 진짜 나를 훔쳤어요.
이제 아무에게도 빼앗길 리 없어요.

나는 내가 나인 것이 좋아서
퍽, 하고 터진 웃음꽃이에요.
나는 내가 나인 것이 기뻐서
그만 울고 말았지요.

내가 나인 것이 좋아요

Yeah!
그래, 좋아. 옳지, 맞아.
절대긍정종자 Ms. Yeah.

²사람

여기 사람이
빛나고 있어요

"두려워 마세요. 별이 한 개도 빛나지 않는 밤이라고.
밤이 많다고 염려하지 말아요. 우리가 빛나고 있으니까요.
여기 사람이 빛나고 있어요."

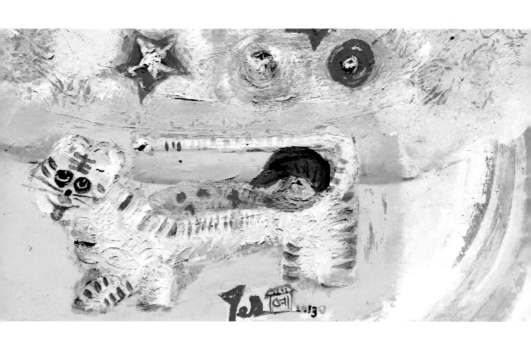

_ 삶의 매혹자

Ms. Yeah

주민 여러분, 안녕하세요?

우리 동네 보기 드문 미인, 미즈 예, Ms. Yeah입니다.

하고 싶지 않은 일을 하는 인생 따위가 웬 말이에요.

맑고 깨끗한 분위기로 '꼴리는 거' 하고 삽시다.

이번 생애는 나답게 신나게 놀아요.

흙 수저, 금 수저, 개떡 같은 말은

개떡이에게 주어 버립시다.

주인답게 뻐기고 삽시다.

나는 아름다운 거 아니면 상종도 않습니다.

등신登神이 되어 날아오릅시다.

대지에 두발 딛고 즐거운 암하레츠Am ha'araz 합시다.

삿된 것에는 침을 뱉읍시다.

살짝 미美쳐서 아름다움을 유지합시다.

위로 따위 받지 말고 위풍당당 나갑시다.

하나님 바쁘시니 나의 죄는 내가 먼저 용서해 봅니다.

일희일비 말고요.

주구장창 흔해빠지게 기 써서 기뻐합시다.

고난의 태풍도 와 보라지! 가슴근육을 키웁시다.

누가 뜯어 말려도 안녕하십시다.

지금 즐겁지 않은 영혼은 손들고 반성하십시다.

공부합시다. 감사합니다.

"새해 복 크게 받으시라고 전하세요.
있는 복이라도 잘 간수하시라고 전해 주세요."

Ms. Yeah.

반갑습니다 ╱

내가 왔어요. 우리가 왔어요.
여기 활짝 피어 계셔서
고맙고 기쁩니다.

제가 그대 곁에 있어도 괜찮겠어요?
내가 좋아하는 이들에게 혹,
제 자신이 민폐가 될까,
사랑해서 미안할 뿐입니다.
그래도 이 금수강산에,
나 같은 인물 하나 정도 있어도
나쁘지 않을 거예요.

나는 지금 고향에 있어요.
살고 싶어서 왔지요.
찬란하려고 왔지요.

_ 삶의 매혹자

두루 단란하려 왔어요.

사랑을 증명하러 왔지요.

인간 노릇 해 보려고 왔지요.

그래서 이미 도착했었지요.

나는 민망하게도 자부심마저 들어요.

그래도 그대의 눈에 지나치게 눈부시지 않게 할게요.

민막 끼치지 않게 품위 유지 해 볼게요.

한 세기 들었다 났다 한 뒤 돌아갈 겁니다.

우리가 물씬 기쁘고 깊어요.

우리가 몹시 왔답니다.

아! 흠뻑 반가워요.

배꼽을 /
파요

휴가를 내어서 배꼽을 관찰해 봐요.

배보다 배꼽이 나는 더 커요.

나는 누구를 위해 안 살아요.

근사한 누구처럼 되는 것은 진작 포기했어요.

나는 이미 완전해요. 물론 아직 진행 중이고요.

그때는 내가 지나치게 똑똑해서

세상을 변화시키려 들었지요.

지금은 바꿀 것이 나밖에 없더라고요.

나를 사랑하지 못했더니

너를 사랑하는 일이 즐겁지 않았어요.

나를 몰입하고 사랑할 줄 알면

너는 덩달아 사랑스러워져요.

나는 나만 알아요.

나는 나를 위해 살 줄 밖에 몰라요.

_ 삶의 매혹자

미치도록 이기적이게 살아요.

나는 나를 월등히 사랑해요.

생명인 나를 축하해요.

배꼽이 생명의 매혹자라,

나는 내 배꼽을 사랑해요.

내 배꼽에 축배를 들어요.

내 배꼽 사랑해 주기도 벅찬 세상이에요.

시간이 얼마 안 남았어요.

신세한탄, 절망할 시간이 없어요.

나는 계속 내 배꼽을 파고들 작정이에요.

빛나게 나를 닦을 거예요.

그런 후 배꼽을 백 개 더 그릴 계획이에요.

세계의 배꼽으로 번영할래요.

우주의 배꼽으로 번창할 거예요.

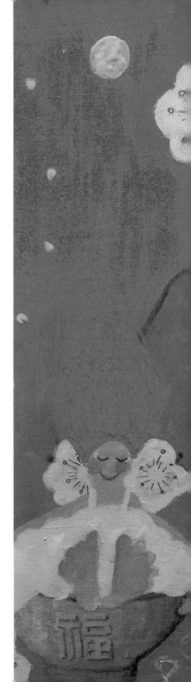

사람을 사로잡는 /
매혹자

나는 여리여리 취약한 뼈를 가졌어요.

그러나 '현장의 힘'이 세지요.

나를 꿰차고 사람과 '연결'해 보려고 애를 먹습니다.

덕분에 사람에 대한 지식을 획득하죠.

내 세상에는 사람이 만만세로써 갱신했어요.

어제의 저를 보시고 저 사람은 그런 사람이라고

딱지를 붙이면 곤란하죠. 참 난감해요. 판단을 멈춰 주세요.

어제의 나와 오늘의 나는 질적으로 다릅니다.

정신적 풍경을 세련되게 바꾸어요.

고귀한 것들은 굳이 구하지 않아도

나에게 다 붙게 되어 있습니다.

내가 세상의 중심이 아닐지라도 세상은 감히 내 것입니다.

나는 그대에게 다가가지 않겠습니다.

지금부터는 쟁취되겠습니다.

나는 단지 가벼운 어깨를 했어요.

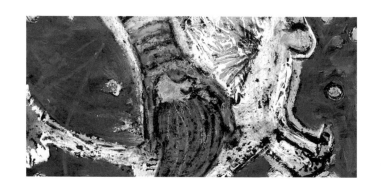

토끼풀 하나에 갑의 사랑을 듬뿍 줍니다.

나는 Ms. Yeah! 그래, 좋아. 옳지, 맞아.

나는 생각보다 행동이 번지르르할 겁니다.

Ms지知로 사랑을 촉진합니다.

뭔가 모를 좋은 일이 일어나고 있어요.

신나는 인연들이 다가오고 있어요.

오늘도 나를 관통해서 뭔가 있어,

신비한 일이 일어날 것이에요.

나는 이것을 미리 눈치 채고 수박 박수를 치지요.

싱글벙글 웃지요.

Ms. Yeah.

"내가 이름 붙여 주니 /
좋단다."

그중에 흔한 돌들,

나는 들판의 돌들만 보아도 즐겁습니다.

돌멩이를 존중합니다. 돌멩이는 존경받아 마땅하지요.

진리는 쉬워요. 가벼워요. 행복해요. 단순해요.

그래서 이 돌멩이 하나에도 다 들어갈 수 있어요.

나는 돌에게 '수고하소서.' 고개를 숙입니다.

돌은 살아 있는 걸요.

몇 천 년 동안 내 가고 오는 것을 다 보고 아는 친구에요.

나는 돌을 든든한 친구라고 하지요.

삶의 흔한 질료들 중에 공기. 이 흔해 빠진 공기.

나는 공기를 존경합니다.

공기가 즐거워 나는 숨을 함부로 쉴 수가 없습니다.

공기는 나에게 비타민이지요.

먼지는 어떻고요.

먼지가 공중에 떠다녀야 해가 나옵니다.

먼지는 내 보기에 우리 가족 다음으로 소중합니다.

나는 '먼지 꽃'이라고 이름을 붙여 줍니다.

그랬더니 먼지는 반짝입니다.

아담이 사물 하나하나에 이름을 붙여 준 것처럼.

나도 저만의 세계에서

'내 멋대로' 이름을 붙이고 놉니다.

Man gave names All the thing⋯⋯.

'이름 붙여 주니 좋단다.'

내가 이름 붙여 주니 다들 좋다 합니다.

나는 만족하여 웃습니다.

고난을 군고구마라 붙이고 즐깁니다.

나는 내 멋대로 즐겁습니다.

장난감도 나를 통해야 재미있는 걸요.

나는 앞으로도 의식의 장미꽃을 멋대로 피울 거예요.

사랑이 그러했듯 생명들에게 애칭을 붙여 줄 거예요.

어여쁘신 사랑처럼 보시기에 좋았더라, 할 것이에요.

내가 창세기genesis로서 그대의 이름을 불러 볼게요.

기다려요. 이제 나와 함께 있어요.

나는 /
숙맥

살아 있는 모든 것들이 사랑스러워 견딜 수가 없어요. 나는 그래요. 팔딱팔딱 숨 쉬고 있는 것들이 다 예뻐요. 나는 사리 분별없는 숙맥 같지요.

나의 나 된 것
지극한 호사를 누려

To. 나

From. 나

내가 바로 기적.

나는 내가 참 좋아요. 내가 나 된 것이 신이 나요.

나는 까마득한 외로움이라 사람이 좋아요.

오늘도 사람을 반들반들 윤나게 닦아 줄 겁니다.

혹 누군가 나를 닦아 준다면

나는 못 이기는 척, 얌전히 즐길 거예요.

나의 나 된 것, 지극한 호사를 누립니다.

_삶의 매혹자

나는
찬란하고 있습니다

어찌 아무것도 가진 것 없듯이 사는가요? 태양 한 쪼가리 내 집 창문에 들면 충분한데요. 햇살 하나쯤은 너끈히 가졌다는데요. 나는 비 갠 아침, 천사를 곁들여 아침을 마구 먹었어요. 막강한 태양을 꿀꺽 삼켰어요. 배가 불러 배를 탕탕 두드리면 자궁에서 보석 한 줌 나오는데요. 비록 먼지 꽃 같이 흔한 사람이라도 자세히 보면 눈이 겁나 부시는 걸요. 빛나고 있는 걸요. 나는 찬란하고 있습니다.

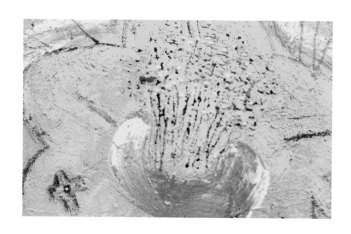

나,
밝히는 인간 합니다

나는 밝히는 인간입니다. 오예! 밑도 끝도 없이 밝음입니다.
'현존'의 기쁨을 알고 난 후부터 이런 증상이 왔지요.

사람이 이러니 만나는 족족, 사람이며 똥강아지며 밝히지 않을 수 없
지요. 그대를 찬양해요. 우리를 낳아 주신 아버지의 피곤함을 밝혀요.
우리 어머니의 젖몸살을 칭찬해요. 부엌의 밥주걱도 주전자도 함부로
살지 않네요. 밝히며 사네요. 이쯤이면 궁금해지죠. 우리가 왜 이렇게
맑고 환한지. 깨어 있어 지혜롭고요. 될 수 있으면 많은 이와 밝고요.
나, 밝히는 인간 합니다.

_ 삶의 매혹자

나는 /
복권

나는 복권福權.

나를 긁어요. 나를 비비어요.

나는 복권으로 왔어요.

나는 자빠져도 복 받고,

뒤로 깨져도 복 받아요.

복 받는 체질이에요.

나를 스치기만 해도 그대는 복을 받아요.

나에게는 복권이 있어요.

내가 마음먹기만 하면 큰일Big dream납니다.

만약 내가 기분이 좋아 그대를 축복하기라도 한다면

당신은 이제 각오하세요.

내가 손뼉을 한 번 딱 쳐도 새싹이 움돋아요. 복이 내려요.

내 지나가는 자취마다 황금과 유향과 몰약 기름이 뚝뚝 떨어집니다.

_ 삶의 매혹자

사람의 삐걱거리는 뼈와 메타포 마디마디 기름지게 합니다.
내 손은 복 손, 내가 만지면 사람이고 물건이고 광이 납니다.
나에게는 나를 해한 사람을 용서할 복권이 있습니다.
멍청한 실수를 연발하는 가련한 사람에게 괜찮아, 괜찮고말고.
아름다움을 나눌 권능이 내게 있습니다.

누가 끌어내려도 내 세계에서는 내가 명예롭습니다.
이러한 권력이 나한테 있음을 발견했어요.
덕분에 위풍당당해져 버렸습니다.
진짜 나의 세계에서는 참한 왕(참나)이 다스립니다.
나는 내가 진짜입니다.
나는 깡촌 불모지에서 로맨틱한 혁명을 꿈꾸고 있습니다.
나는 복권이라 매일 좋은 아침, 꿀밤을 터트립니다.
내 과수원에는 물이 여울져 흐릅니다.
밭이랑 나무뿌리에 물이 넉넉히 대어지고 있습니다.

나는 나를 혼자 보기 아깝습니다.
나는 들키게 될 것입니다.
대박 터트릴 복권으로 여기 있어요.

나는 넘어질 줄 /
압니다

즐거이 또는 기분 더럽게도 넘어져 봤어요.

'꽈당, 우당탕'이 생명 능력이에요.

즐겁거나 더럽거나 어떤 감정에도 능수능란 실감해요.

그래야 사람이 길러지지요. 수지맞지요.

강함만 알면 반지하의 왕이에요.

넘어질 줄 알아 일어선다면 절대 반지의 제왕이겠어요.

서 있다면 넘어질 수 있어요.

넘어지면 일어나게 되어 있고요.

짭조름한 눈물 바람 할지라도

앞으로 조금 더 갈 수 있는 거지요.

인간 정도 되면 미끈거리는 콧물도 맛보아 주셔야 하지요.

기쁨도 좋지만 맑은 슬픔을 앓아 봐야 사람이 멋집니다.

그러니 마음껏 약해져요.

_ 삶의 매혹자

후회할 짓을 하고요.

서툴러요. 쓰러져 봐요. 숨겨 보고요.

무너져 내려요. 처박혀 봐요. 찢어져 보고요.

구겨져 봐요. 넘어져 봐야 만사형통해요.

잘 실패해야 성공 신화예요.

내 보기에는 모든 과정이 다 완벽해요.

우리가 어떤 삶을 살아도 만사형통이 맞아요.

과학적으로 옳아요.

그래서 나는 반듯하게 넘어집니다.

생방송, 내 살아 있는 것을 실감합니다.

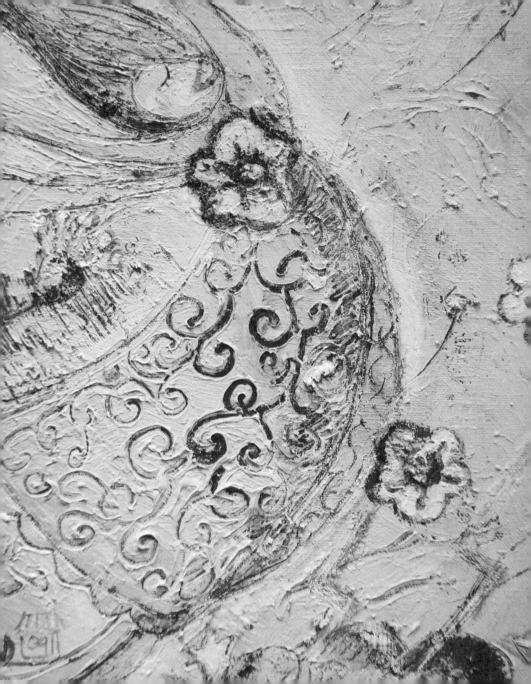

나는 /
반항아

사는 것을 하도 사람이 힘들어하기에, 중력대로 고분고분 주저앉고 늙어지기에, 나는 이제부터 보들보들한 것들로 반항할 작정이에요.

지금부터 나는 싱싱하게 솟구칠 것입니다.

그래서 중력의 법을 거스를 거예요.

그러니 파이팅. 무조건 파이팅!

집을 나설 때 하늘로 날 수 있는 날개, 파이팅 날개를 꼭 달고 나가요. 중력의 영이 나를 땅속으로 눌러 앉히려 들겠죠. 그러면 나는 고마워하면서 퍼뜩 날개를 펼 것이에요.

PS

Rab− Ragb1/2= Tab

그래도 중력아! 그래도 고마워.

걸을 수 있게 내 발목을 딱 붙들어 주어서.

[세상은 성령 충만한 저를 부디 잘 견뎌 주시길 부탁드립니다.]

물 한 잔을 마셔도 /
폼이 납니다

나란 인간은 그래요.

나는 그냥 나예요.

나는 가득 운동(력)입니다.

나는 그득 생명(력)입니다.

나는 옳지! 삶이에요.

나는 한 번도 똑같은 적이 없습니다.

새로운 생각과 경험을 환영해요.

아침의 나와 오늘 점심의 내가 다릅니다.

1초 전의 나와 지금, 그리고 1초 후의 나는 다를 겁니다.

당신은 나를 따라잡지 못할 거예요.

잡은 줄 알았을 때 이미 나는 저만큼 가 있을 테니까요.

어제의 제가 넌 줄 알고 왔다가는 큰코다치실 겁니다.

나는 동사입니다. 나는 흐름^{flowing}입니다.

큰 흐름에 나를 맡겼지요. 나는 리듬 치며 흘러가고 있어요.

시원한 소나기처럼, 졸졸. 기쁜 강물처럼 줄줄.

나는 멀티 플레이어입니다. 나는 처음과 끝입니다.

그래서 멍해 있어도 일취월장합니다.

나는 화들짝, 지금 이대로의 내가 기특합니다.

그저 미美친 듯이 아름답고 있어요.

커서 훌륭한 사람 지금 되었습니다.

모든 소원이 지금 이루어졌습니다.

나의 주파수는 지옥 아래서 저 별나라 극한까지 자유자재이지요.

그러니 이제 내가 되고 싶은 것을 입맛대로 골라 보려 해요.

연약함. 말간 눈물. 품격 있는 신사. 우울한 개구리. 고뇌하는 자작나무. 나그네. 친절한 적선가. 따뜻한 붕어빵. 절대권력 왕. 고약한 사람. 화창한 밤. 소나기. 노마드 가스나. 꼴통. 시원한 바람. 유쾌한 도우미. 혁명가, 성자.

바위는 무서움을 모르고 비에 슬퍼하는 민들레도 없네요.

나는 뭐든지 할 수 있어요. 어떤 일이든 해낼 수 있어요.

나란 사람은 물 한 잔만 마셔도 은근히 가오嘉娛가 섭니다.

이리 오너라, /
내가 왔다!

_삶의 매혹자

"이리 오너라!"

부드럽지만 단호한 목소리.

나 더 선명하고 큰 소리로 호령 좀 해도 될까요?

너무 시끄럽지 않게 할게요.

"이리 오너라. 내가 왔다! 와따[1]로 왔다!

내가 이 일하려고 여기 왔느니라."

---

1) 기분이 좋을 때 내지르는 탄성, '바라던 것이 왔다', '최고다'라는 뜻이지요.

맷집이 길러져
억누를 수 없는 품격

살면서

내가 나한테 하도 많이 두드려 맞아서

더 이상 억누를 수 없는 품격을 갖출 수 있게 되었답니다.

여기까지 오느라 수고 많았지요.

보고 만지고 냄새 맡고 씹고 뜯고 상상하고

이제는 정숙미를 갖춘 기도도 합니다.

환호작약 떠받들어 줄 나.

아마존 강같이 잘빠진 나.

솟구치는 이 시원한 생명을 나누어 주고 싶습니다.

알 카포네도 강탈하지 못할 기쁨을요.

나라가 못됐어도

기쁜 얼을 가진 '나'라는 한 사람이

얼씨구, 착합니다.

만만찮은 쌍무지개 되어 갈게요.

억누를 수 없는 품격으로 한반도에 스밀게요.

힘찬 /
메롱이요

"여태 지구에 발견되지 않은 색깔.
내가 찾고 말 거예요.
내가 길들여질 줄 알았을 거예요.
내가 말 잘 들을 줄 알았겠지요.
천만의 말씀, 만만의 콩떡!
옜어요. 나 잡아 봐요.

핫바지로 살기 싫으면 비본질인 것에는 메롱을.

정겨운 메롱!
힘찬 메롱이요.

嗙

차라리
저주를 해요

죽어도 나란 인간에게 축복을 못하겠으면

차라리 저주를 해야 해요.

창조적인 저주를 합니다.

제대로 저주하는 법을 배워요.

세상에서 가장 산뜻하고 근사한 저주를 내려요.

죽어도 그 인간에게

복을 빌지 못하겠다면 저주를 퍼부어요.

창의력 뛰어난 저주를요.

그렇지 못할 바엔 닥치고 축복해요.

나는 더 권능 있는 사람이 될 거예요.

_ 삶의 매혹자

밥값 하고 /
살아요

뜨거운 밥 한 그릇.

아! 밥이 달아요. 밥이 맛있어요.

시국이 풍비박산 험해도

나는 밥값 하고 살아요.

밥 먹으며 밥값 해요.

밥값 하려면 밥을 먹어야 하죠.

만사가 형통할 사람은 밥을 바르게 먹어요.

빌어먹을, 팔자가 기구한데 밥이 들어가요?

옳지, 밥이 얼씨구, 들어가야 해요.

인생에서 밥 잘 먹는 것이 급선무지요.

밥, 똑바로 먹으면 밥값 하고 사는 거지요.

그래야 자식 먹는 것만 봐도 배부른,

당최 이상한 사랑을 하는 아빠, 엄마가 기뻐해요.

밥을 먹는 것이 효이지요.

사람이 건강한 밥상을 차려 먹고
선善에게 감사하고 악을 다정다감 다스리면서
몽땅 사랑 하늘한테 다 맡겨 버리고
배짱 두둑하게 배까지 두드리고 웃어요.
그러면 그이는 조선 대표 잡배, 지구마을 최강 잡녀일지라도
우주 천재, 딩동댕, 띵호와, 잭팟, 고급, 일품, 일등급입니다.

나는 복숭아 한 알의 / 기쁨을 알지요

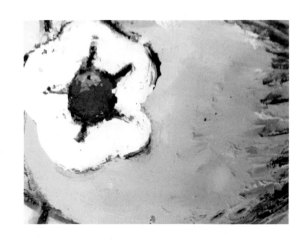

아! 산 위에서 부는 바람, 시원한 바람. 그 바람은 좋은 바람, 고마운 바람. 바람이 지나가면 알아요.

내가 등 떠밀려 여기까지 온 것 같아 한심할 때도 있었지요. 그것도 우습고 고마워요. 바람도 등 떠밀려 부는데요 뭐. 지나고 보니 모두가 행복이었어요. 나는 이것을 눈치 챘지요. 그래서 어떤 일에도 미소를 가불해서 미리 웃고 들어갑니다. 복숭아 한 알의 기쁨을 나는 알지요.

_삶의 매혹자

다소 문제가 ╱
있어요

나는 문제가 좀 있어요. 바보 되려면 아직 멀었어요.

나는 누가 봐도 별 볼 일 없습니다.

나는 약간의 울렁증이 있고요.

웃음이 많아 헤플 수 있다 여겨집니다.

병뚜껑을 잘 못 엽니다. 엄살이 심합니다.

가끔 현실에서 스윽 멀어지고 엉뚱합니다.

잠이 많고 식탐도 있습니다. 대책 없어요.

그래도 문제없습니다.

문제에 따르자면 나는 참 인간적이에요.

사람은 신기해요. 문제도 있고. 뭐 어때요.

이런 나를 통틀어 바로 나인데요.

문제에도 불구하고 이렇게 잘생겨 났는데요.

나는 자알 되지요. 자신 될 테지요. 되는 길 가고 있지요.

머리부터 발끝까지 /
핫이슈

사람이 소중한 이유는 사람이 소중하다고 믿는 데 있겠지요. 내가 위대한 이유는, 위대하기 때문에 위대합니다. 믿어요. 객관적으로 자신을 위대하고 멋지다고 믿습니다. 종교처럼 믿습니다. 보편타당하게 믿어요. 나는 멋지다고요. 나는 아름답다고요. 왜? 이유가 없어요. 그냥 그런 것이에요.

_삶의 매혹자

고정관념을 가지고 외쳐요. 내가 아름다움의 기준이라고요. 나는 대체 불가능, 치명적인 아름다움이라고요. 내가 최신 유행이에요. 어쨌든 머리부터 발끝까지 지금 내가 핫이슈입니다. I am so hot! 곧 찬란한 내 세상이 와요. 지금이 그 때라고요!

너 같은 것이, 하면서 다른 이가 이성을 잃고 길길이 날뛰어도 나의 위대함은 찌그러지지 않습니다. 나 같은 것은 나밖에 없는 이유입니다. 나는 한 발짝, 차곡차곡 자아를 실현합니다. 나는 그저 내 숨을 쉽니다. 내 길을 갑니다. 나를 대우합니다. 다른 이유는 없습니다. 내가 소중한 이유입니다. 핫이슈입니다.

이 세상, 가장 편하고 좋은 내 편은 나입니다. 두 번째 좋은 내 편은 "너 같은 것이!" 하면서 내 눈알을 꽉 찌르는 그 친구고요. 그도 그 나름의 이유가 있었으니까요. 알고 보면 그 친구는 나의 훌륭한 스승이죠. 세상은 자세히 보면 온통 뜨거운 천사들뿐입니다. 지금 이대로의 내 형편과 세계정세가 전부 핫 이슈입니다.

익살은 /
나의 힘

하고자 했던 욕欲이 지나쳤을까요? 욕 나오는 날이 있지요.

오늘 무수한 사람을 먹고 마셨지요. 몇 권의 책을 후벼 파는데도 나는 조금도 현명해지지 않아요. 비관과 허무가 수려했지요. 나는 누가 그어 놓은 거지같은 경계를 넘나들었어요. '아름다운 노무시키넘들'이 그은 선을 백 번도 더 넘어 다녔어요.

익살은 나의 힘. 나의 익살을 어찌할꼬.

찌뿌듯할 때일수록 비틀어요. 그렇지! 나는 비틀 테예요.

내가 아는 것은 나는 참 아무것도 모른다는 것뿐이에요. 띠리리리. 맹구의 기쁨. 옳지! 나는 기특하게도 웃을 줄 알아요. 그리고 좋은 나로 많이 웃길 줄도 알아요.

_ 삶의 매혹자

햇빛이건 어둠이건
선의이건 악의이건

반짝이건 부루퉁하건
천국이건 지옥이건

님이, 홍시씨발라, 좋은 나!
모조리 호령하고 놀면서 천둥같이 걸어가야지요.
천상병의 시 같은 침을 기왕 뱉어야지요.
나는 무식해서 용감하지요. 도통 두려움이 없겠어요.
겁대가리를 상실하지요. 나는 스스로를 더 비웃고 꿰찰 거예요.
시시껄렁한 내가 좋아요. 이대로 그럴싸한 나여요.
나는 웃길 줄 알아요. 그 힘들다던 삶도 웃기는 걸요.
나는 어떻게든 꽤 되어 가니 걱정 마요.
개 같은 상황 속에서라도.
(아, 개에게 미안. 개도 '개'예뻐요.)

'개새끼님'에
대하여

　고상한 말들 줄을 섰지요. 그래도 살도 보면 욕도 가끔 나오지요. 많은 사람들이 욕도 하면서 열심히 사는데 욕이 나쁘다고 해요. 하면 안 된다고 하니 찝찝하고 죽을 맛이죠. 매력 있는 사람은 욕도 창조적으로 구사합니다. 욕이 자기 자신에게 도움이 되게 합니다.

　악의적 비난과 현재 일어나는 갈등은 알맞은 욕을 써먹으면서 헤쳐 나갑니다. 욕은 나를 더럽히지 않고 유머처럼 시원하게 해요. 나를 씻어 내며 하는 거예요. 욕은 염병 같은 상황에서 한 번에 나를 가볍게 놓아줘요. 고마운 초월이지요. 욕도 삶의 정다운 날개랍니다. 통 큰 해방이에요. 만약 그렇지 않다면 욕은 입 밖에도 내지 않습니다.

　욕을 상큼하게 하는 방법

　혼자서 휘파람 불 듯이 합니다. 타인에게 하면 성가시죠. 부작용이 생겨요. 알아서 잘하실 겁니다. 욕은 나직하고 조용하고 우아하게, 인간적인 멋이 넘치고 명료하게 해요. 다정한 고독미를 다소 갖추어요.

　　　　　　　　　　　　　　　　　　　　_삶의 매혹자

갑갑한 양말을 벗어서 팽개치듯이. 개 같은 날, 맛난 수제비를 얇게 뜨듯이, 사람과 삶에 바짝 붙어 서서 말해야 해요. 삶과 사람에게서 떨어지면 떨어질수록 교양 없지요.

외톨이로 조용히 읊조리고 가을을 치가 떨리게 타고 질긴 고뇌를 어금니로 질겅질겅 씹으면서 가끔 웃으며 삶을 근근이 거룩하게 살아가는 것이 인간이지요. 삶이 모든 사람들의 입맛에 맞을 수는 없겠지요. 사는 것이 만만하지 않아요. 이때는 '퍽'을 권청해 드립니다.

퍽이나요. 허, 허, 허. 삶 따위 엿이나 드셔요, 하면서 쉽니다. 푹 쉬어요. 그냥 쉬어요. 이 정도면 됐어요. 마음에 들지 않는 삶이나 사람에게 입에 착착 달라붙는 엿을 먹입니다. 삶을 슬쩍 골려 주어요. 속여 넘겨요. 삶에게 좋은 나, 좋은 '퍽'을 날려요. 창조적인 욕을 해요. 퍽 환한 하늘을 향해서요. 벽이 퍽 넘어가게요.

사람이 아니라 개새끼님이라고 표현한 그 인간에게 복을 빌어요. 만약 죽어도 축복할 수 없으면 그 사람을 내 삶으로부터 떠나가게 해요. 먼지 털듯이 탈탈 털어요. 축복 받아라, 개새끼님아, 하면서 찬바람 나게 보내 주어요.

'님이여, 제기랄, 좋은 나, 엿 드세요. 인생 따위.'

신선한 신선처럼 욕을 뱉어 봐요. 어디에 있어도 좋나?, 좋은 나예요. 우리는 더 거룩해질 거예요.

우리는 더욱 '우세좋될', (우리는 세상을 더 좋아하게 될 거야) 거예요.

축복합니다. 우리의 거룩한 삶을요.

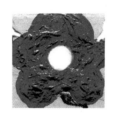

_삶의 매혹자

사람 꽃이 /
기뻐요

사람 꽃.

여기서 이리 피어들 주시니
나는 반갑고 기뻐요.
내가 혼자가 아니라는 것을 위로하느라
온갖 사람이 나를 지나가 줍니다.
고마워요.

이 경사스런 심장 안고
오늘은 마추픽추로 마실 갈 겁니다.
사람 꽃향기 맡으러 갑니다.
꽃무늬 몸빼 차려입고
사람을 만나러 갑니다.

모처럼 내가
착한 사람 좀 하겠다는데

오늘 같은 오후, 그러니까 축축 늘어지는 공기. 크림슨 레이크 색깔을 입고 열정에 사명에 다시 불을 붙여, 고고. 못 먹어도 '고우' 합니다. 나의 볼은 불타오르는 연민으로 빨갛습니다. 불꽃처럼 완전 연소하고 갈래요. 빨갛게 살다 갈게요.

내가 살아가는 이유는 불이 되는 것.

내가 불이라는 것을 밝혀내는 것.

내가 사랑이라는 것을 기억해 내는 것.

님의 아름다운 나라에 기여하는 것.

지금 나의 영혼과 몸은 깔끔해요. 풍성합니다.

나는 믿음의 거장. 내 신념은 날이 갈수록 반듯해요. 나는 의로워요. 전인적인 복을 받았죠. 나는 거룩한 영의 비행기를 타고 있어요.

그래서 그저 눈을 감고 쉬어도 목적지에 다다르게 됩니다.

자꾸 쌓이는 돈, 나는 아픈 새들에게 뒷돈을 대고 있습니다. 여유가 있어요. 잃을 것이 없으니 매년 넉넉해요.

착한 일을 세련되게 합니다. 따뜻한 위로라도 나올 것 같습니다.

_ 삶의 매혹자

그건 그렇고,

"휴, 모처럼 내가 착한 사람 하겠다는데 가만히 좀 있으면 안 되겠니?"

우리 집에 놀러 와요, /
오랑캐

물러가지 마요, 오랑캐.

우리 집에 놀러 와요, 오랑캐.

잔칫상을 차려 줄게요.

삶이 아픈 사람을 초대합니다.

굳이 저에게도 한 상 차려 주신다면 대접받을 줄도 알아요.

그래도 나는 잔칫상을 준비하고 어서 오세요, 하는 사람 할 거예요.

나는 더 배고파질 거예요.

주린 배들은 배부르게 되어 있지요.

나는 더 아파할 거예요.

아픈 사람은 건강의 기쁨을 맛보겠지요.

그러니 배고파도 좋고 아파도 좋고

배불러도 좋고 나아도 나는 좋아요.

이런 내가 잔칫상에 당신을 초대할게요.

_ 삶의 매혹자

아. 내가 대충해도 맛있을 밥상,
환상적인 맛에 여럿 죽겠군요.
덕분에 동네 벼 낟알이 잘 익겠어요.
쌀값이 오르겠어요. 살맛이 나겠어요.
뭇 사람 배부르겠어요. 생명이 차오르겠어요.

이제 사람이 산처럼 일어날 겁니다.
오늘은 생명의 타작을 하려고요.
아무도 살 수 없을 정도로 비싼 나를 탈곡할 거예요.

펜트하우스 등기 이전, /
고맙습니다

나는 날아다니는 '오뎅'같이,

나는 작고 작아 가련하게 작고,

나는 크고 커서 제왕처럼 크고

나는 왜 와서 밀 한 톨만큼 존재해서

하늘을 깨뜨려 싹을 틔우는 걸까요?

나는 어떻게 네가 아니고 나로 흘러나와

여기에서 우리의 숨을 쉬고 있는 걸까요?

이 정다운 눈을, 이 싹싹하게 숨 쉬는 폐를.

바늘에는 찔려도 모래 알갱이에 아랑곳 않는 내 바퀴.

사뿐하고 적당히 단단한 발바닥을 왜 내 것이라고 가꾸는 걸까요?

야릇하고 음탕한 요리를 맛보는 혀.

천상정부와 문화 교류하는 뇌.

괴물을 물어뜯는 귀.

_ 삶의 매혹자

강물 위에 배를 띄우는 입술.

대지의 뜻을 내리꽂는 손가락.

나는 나에게 감동 먹지요. 이런 내가 여기 왔어요.

내 몸은 참 옳아요. 마땅해요. 한 개의 촛불같이 잘도 타네요.

나는 자꾸자꾸 타서 별빛 하나씩을 없앨 거예요.

담담한 가슴으로 시들 거예요.

작은 눈이 온통 하늘을 보니

내 몸은 고급이지요.

땅도 살고 하늘도 갈 수 있으니

사람 몸이 천사보다 비싸지요.

나는 이 몸을 타고

존재하는 것이 신나요.

펜트하우스 내 몸. 즐거운 내 몸.

이런 몸을 오늘 내 것으로 새로 등기합니다.

이 고급스러운 나로 이전했습니다.

고맙습니다. 한 턱 낼게요.

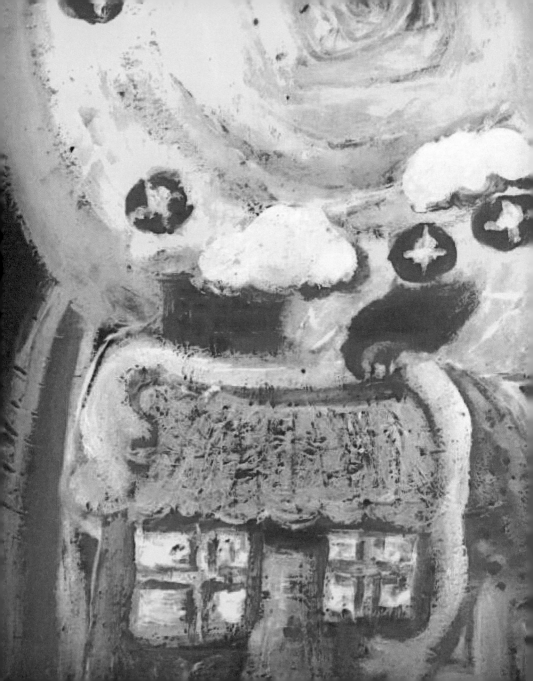

준비된 /
혁명가

나는 불타는 ○○ 대.

체 게바라 저리 가라 하는 혁명가.

내 나이는 쏘 섹시하시지요.

형님들 일어나요.

우리 남은 날이 별로 없어요.

나는 가장 힘없는 자로 왔어요.

그래서 그 빛깔이 얼마나 고운지, 귀여운지.

나는 멋지네요. 감사이네요.

나의 언어는 팝아트, 아름다워 불고.

나의 행동은 수십억 년의 발걸음을 이고

부에나 비스타 소셜 클럽 느낌이에요. 애틋해요.

나는 이끼 낀 조약돌을 한 아름 가져왔어요.

눈물을 겨워 내어 진주 목걸이를 만들어요.

모로코의 양탄자를 타고 날 거예요.

아시아 위풍당당 나그네를 만날 거예요.

마침내 권정생 선생님의 강아지 똥 같은 진보와

비싼 평화에 기여할 혁명을 할 것이네요.

준비되었어요. 앞치마 둘렀어요.

이게 웬 횡재! 원시와 첨단을 주물렀지요.

하늘에 계신 나의 책장이 열렸어요.

하얀 공작새가 우아한 기세를 돋우네요.

하나이신 님이 비단구두를 신겨 주시네요.

불사조의 기백을 펼치라고 부드러운 바람을 불어 올리시네요.

나는 이 기상과 이 마음으로 가족들과 오순도순 삽니다.

이웃들과 떡을 나누고 잔치합니다.

세계 평화 이룩합니다.

쿠바 아바나 같은 혁명을 진행 중입니다.

장렬하게 전사할 그때까지요.

새 나라에서는
까불까불 걸어 줘야 합니다

랄랄라! 나는 사람이 까불 때가 예쁩니다.

까불 때 어깨가 물씬 가볍지요. 사람이 상쾌해요. 삶이 쉬워요.

사람이 여태 사회의 교양과 점잔을 빼느라 고생했지요.

국민 여러분! 우리가 그간 인간적으로 얼마나 우쭐대고 싶었습니까?

아빠가 입혀 주신 색동옷 차려입고 깜깜함을 헤치고 까불까불 갈게

요. 일단 까부는 것을 전제로 나답게 계속 가실게요.

손부채를 부치면서 건들건들. 어깨는 뻐김.

잘났는데 아닌 척,

이것을 겸손이라는 미덕으로 누르느라 힘드셨습니다.

사람은 까불 때가 빛나요. 근사해요. 마땅하고요.

명확한 사고로 프로그래밍하고

긍정과 부정을 모두 다정히 안아요.

늘 마음이 깨어서

지금 여기 집중해서 사느라 밝은 년이 왔어요.

골 때리는 슈퍼긍정종자 밝은 년^年이 왔습니다.

속없는 나는 대강대강 숨 쉬고 사는 일에

목숨 걸었어요.

나는 날마다 새해의 빛, 있는 복 나누어 먹느라

가만히 있어도 무위자연, 바쁩니다.

사람은 빛이니 훤히 환희 드러내고 살아 내야지요.

그러니 밝은 해에 걸맞게

위엄 있고도 까불까불 걸어 줘야 합니다.

그러면 신같이 즐거워요. 정다운 위엄 있지요.

그래야 훌륭한 지구 시민이지요.

지금부터 높고 즐거운 진동으로 세포 분열해요.

명랑한 발걸음마다 증식을 꾀해요.

걸음 하나로 나의 세계, 우리 겨레에 이바지합니다.

일어나
光光을 팔아라!

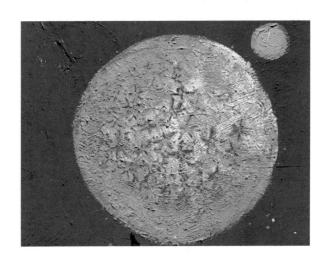

　매우 단정한 빛, 청정한 빛, 성숙케 하는 빛, 용맹한 빛, 악한 것을 여윈 빛, 수호하는 빛, 막힘이 없는 빛, 밝게 사무치는 빛, 두루 비치는 빛, 모든 것을 초월하는 빛, 향기가 널리 풍기는 빛, 여럿이 섞인 빛, 존중하는 빛, 선과 악이 뒤섞인 빛, 지독한 악의 빛, 여러 가지 묘한 것을 모은 빛, 한량없는 빛, 청정하고 깊은 마음의 빛. 어둡고 이상

한 빛, 즐겁고도 무서운 빛, 으스스한 빛, 모두가 이렇게 빛으로 있네요. 이제 이 자기의 빛들을 팝니다.

반짝반짝 빛나고 싶었지요.
아. 부디 빛이 되지 마십시다. 이미 빛인데요. 우리는 벌써 빛이잖아요. 바쁜 시대에 언제 면벽하고 멈추면 비로소 보이는 빛들을 보겠어요. 빛 되려고 용쓰지 않아도 되요. 퍼뜩, 깨어나 보면 알아요. 지나가는 먹구름이 가끔 낄 뿐 나는 빛입니다. 밥 먹을 사이도 없이 돈을 벌고 무엇이 지겨워서 도망을 가더라도 우리는 자체발광이에요. 광(光)을 팔고 있다고요. 숱한 고생 끝에 여기까지 잘 왔어요. 지금 이 모습 이대로가 인류의 미래이지요. 이제 빛이라는 것을 알았으니 묻어 두지 않을 겁니다.

당근의 모양이며 무의 생김생김이며 파의 개성이며 인간은 또 어디서 흘러나와 이렇게 근사하게 빛나는지! 경쾌해요. 아름답고 옳아요. 기쁘기 그지없어요. 여름은 앓는 계절. 겨울은 기쁨의 계절. 여름에는 덥고 겨울은 춥다 하는 빛들. 우물은 마르지 않아요. 달이 뜨지 않아도 괜찮아요. 먹구름이 해를 가리고 있어도 문제없어요. 별이 한 개도 빛나지 않아도 괜찮아요. 우리가 이렇게 빛나고 있는 걸요. 걱정 없어요.

우리는 송학의 빛, 벗꽃의 빛, 공산명월의 빛, 오동의 빛, 비의 빛, 오광의 빛투성이입니다. 이것을 감 잡았으니 이제 일어나 광을 팝니다. 나는 빛을 팔 거예요. 햇빛처럼. 달빛보다 더. 천개의 태양과 만개의 달빛, 더 큰 빛을 팝니다. 오광뿐만 아니라 십광, 백광, 수지맞는 장사를 합니다.

　자체발광 드러내요. 자기의 ego를 홀딱 뒤집어요. 사람은 까져야 해요. 귀도 까지고 눈도 까져야 해요. 묵은 가슴도 홀딱 뒤집어 까져야 해요. 활짝 열어요. 껍데기를 벗고 그래서 다시 나요. 빛나요. 사랑에 발랑 까진 인간은 그대로 밝아요. 다 까지고 까진 후에야 내 안에 이 황홀황홀 빛을 드러내겠지요. 이런 이가 최고로 품질 좋은 인간이에요.

　광光을 팔아요. 오광의 난暖을 일으켜요. 묵혀 두기에 아까운 우리예요. 자기의 빛을 발해요. 사람을 남겨요. 사람을 살려요. 어머, 자기! 사랑을 살려요. 분위기 살려요. 온 나라에 내 빛을 훤히 비추어요. 일타상피, 이 빛을 벌어요. 아끼고 지키고 사치하고 낭비해요.
　마침내 이 빛 다 비추고 장렬히 사그라질 것입니다. 낭만의 불꽃처럼 말이지요.

이걸 아는 똑똑한 사람만 계속 빛으로 가실게요. 나는 환하고 맑은 빛을 선택했습니다. 이제 우리는 불티나게 팔릴 것입니다. 빛을 발할 때가 온 것을 감 잡았으면 세상 가장 좋은 빛으로 반짝반짝합니다.

끝으로, 내가 빛일 수 있게
깜깜한 역할을 하시는 생명들에게 감사의 말씀 전합니다.

인생 낙장불입
일생 끝내주게
못 먹어도 고우go

안아
줄게요

나는 이미 왔어요. 나는 집에 있어요. 내가 먼저 가슴 열어 당신을 안아 줄게요. 그대를 맞아 줄게요. 당신을 위해 이렇게 내 가슴이 몰랑 몰랑해요. 내 눈길, 손길, 발길 닿는 곳마다 사랑 꽃, 평화 꽃 마구 피어나요.

그대가 오실 길 예비해 놓을게요.

꽃길 닦아 놓을게요.

지르밟고 오세요.

달링도 나를 꼭 안고 가셔요.

in the here in the now, 지금 여기 안에서
I am home, 나는 고향에 있답니다.
I have arrived. 이제 도착했어요.

승승장구 /

찡그리지 마세요. 얼굴 안 펴면 못생겼어요. 가슴이 안 펴지면 죽어
요. 확 펴요. 얼굴을 펴요. 가슴을 펴고요. 호흡을 펴요.

쪼그라지지 않게요. 펴져야 사람이 승승장구해요.

꿈을 당당하게 받아요. 비전을 떳떳하게 받아요.

가치 있는 뜻을 세웠으니 꿈과 비전은 가슴을 펴고 받는 겁니다.

찡그려져 있지 않습니다. 그건 참 인간으로서 자존심 상하거든요.

얼굴에 표정을 확 펴면 벌써 인생 성공했지요. 환하게 밝혀 웃으면
번지수가 생겨요. 하늘에서 금방 찾아갈 겁니다. 그런 의미에서 나는
이미 성공했고요. 얼굴이 활짝 폈거든요. 승승장구 중이지요.

Give Us This Day Our Daily Bread.

하루 먹을 양식이 주어질 것이에요. 밥이라는 사랑, 책이라는 사랑. 우리는 매
일 그날그날 필요한 사랑을 먹고 삽니다. 사랑 받지 않고 사는 사람 한 명도 없지
요. 봐요. 우리가 얼마나 사랑스러운지. 사람이 얼마나 큰지. 사람이 책보다 앞
서가고 있지요.

그래서 /
꼬셔요

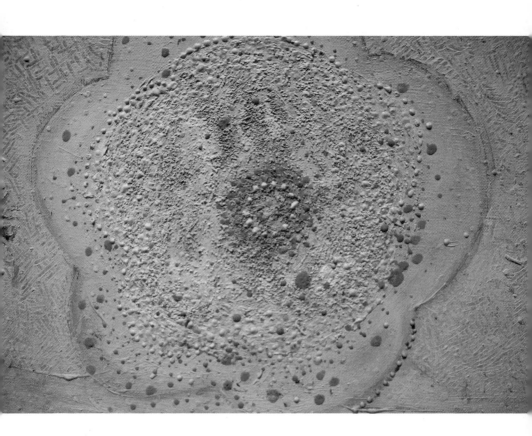

_ 삶의 매혹자

그래서 꼬셔요.

X 같은 세상을요.

작은 꽃씨 들고요.

위로 떨어지고요.

옆으로 새어나가고요.

아래로 날고 있습니다.

꽃씨를 뿌려요.

사방에 흩어 놓아요.

세상이 기대 됩니다.

고도를 기다리는 En Attendant Godot

블라디미르와 에스트라공처럼.

Ms. Yeah 미매시스 mimesis

좋은 오늘, 좋은 나.

역경아, 와라. /
어서 와!

달링 안에 있는 기품 있는 AMOUEUSE[2] 사랑을 쳐들어요.

똥꼬에 힘주어요. 감각 높여요.

중력 당기는 현실을 똑똑히 보아요.

그리고 지금 여기에 단단하게 발 딛고요. 앞으로 계속 가요.

해골 골짝을 밟아요. 빈들로 나아가요. 황무지에 둥지를 틀어요.

내 목덜미로 허리케인 태풍이 지나가요.

내 발에서는 거친 파도가 치는군요.

살다보니 역경이가 왔어요.

장애물을 넘는 여우처럼 역경을 넘었어요.

세련미를 발휘했지요. 힘 좀 썼지요.

생명력이 괴력같이 솟아 나오네요.

2) 작가 이상, 파편의 경치 : △은 나의 AMOUEUSE이다.

_ 삶의 매혹자

고난 속에서 죽다가 살아나 봐요.
지독한 고독 속으로도 도망쳐 봐요.
거센 바람으로 코가 맵게 해요.
아야, 아야, 온몸을 쏘여 봐요! 뒤통수를 맞아 보아요.
거친 땅으로 골라서 뛰어가요!

지구별 정도에 왔으면 상처가 어떤 것인지도 느껴 봐야죠.
고난의 즐거움, 상처의 유익,
역경은 내가 살아 있다는 것을 강력하게 알려 줘요.

이 살아 있음. 안락할 때보다 한층 더 깊고 깊은 즐거움예요.
아! 나는 사랑받고 있음.
역경은 똑바로 살라는 하늘이 주는 회초리예요.
사랑의 매에요. 나는 버림받지 않았네요.

역경아, 떨어져라!
자신의 지갑에 이 고함을 집어넣어요.
역경이 오줌을 깨끗이 싸게요.
벼락 치듯 크게 고함을 질러요.

역경아, 와라. 어서 와! 역경아, 나 여기 있다고!
어서 와요. 나 한번 상대해 봐요. 나 좀 손 봐줘요.

삶에 친절한 가치가 역경이라는 모습으로 왔어요. 좀 봐줘요.
안아줘요. 물씬 두드려 맞고 정신 차려요. 깨끗해져요. 맑아져요.
이 헐렁하고 가벼운 어깨. 몸이란 몸이 생생하게 뛰나이다.

나는 막강하게 살아 있답니다. 이제 역경아 위로 떨어져라!
부디 편안히 살지 마시길. 자족하되 치열하시길.

참고: 사람은 호랑이 같은 역경은 잘 헤치는데
작은 생쥐 한 마리에 넘어진답니다. 공감하지요?

"우뚝 서 있는 사람은 멋져요. 넘어진 사람도 아름답네요.
곧 씩 웃으며 일어서려는 저 사람한테 나는 반하지 않을 수 없어요."

_삶의 매혹자

으르렁! /

으르렁!

내가 더러운 그 자리에 언제까지 처박혀 있을 줄 알았지요?
찌그러진 것이 아니었어요. 품격을 기르고 있었지요.
흥, 으르렁! Roar
나의 천둥 같은 포효에
너희들의 꽁지가 볼 만하네요.
난 이제 사고를 칠 거예요. 문제아로 데뷔했지요.
문제를 일으켜 볼 내공이 길러지기까지 갖은 역경을 참아 왔는걸요.
불길 속에 살아서 춤을 추겠어요. 너를 온통 흔들어 놓겠어요.

고분고분 말 잘 들을 것 같았겠지요.
나는 공손하게 굴면서 발톱을 갈았지요.
이제 나비처럼 나는 날 봐요. 위화감이 조성될 거예요.
이제 너는 나한테 목을 맬 거예요.

_ 삶의 매혹자

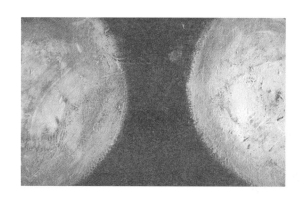

네 머리에, 가슴에 내 이성과 감성을 깊이 심어 놓았거든요.

내가 너한테 진주를 던져 줄 것 같나요? 흥, 어림없어요.

먼지처럼 널 떨어 버렸는걸요. 더 억압해 보라지요.

맷집이 길러진 날 이길 수 있겠어요?

난 이겨 놓고 싸우는데요.

너도 일어나요. 앞발 들고 나를 후려쳐 봐요.

나는 이제 맹수보다 더 큰 소리를 낼 수 있어요.

챔피언의 노래나 감상해 두세요.

덤벼요!

으르렁 으르렁!

어금니로 삶을 통째로 /
씹어 먹어요

호의적인 조건이 무엇인가요? 나를 괴롭히는 것 같은 이 모든 것들이 호의적인 장애예요. 내 밥이에요.

존재들에게 모든 사건은 좋은 것들입니다. 흔히 말하는 불행은 모습을 바꾼 행운인 걸요. 고난과 고생은 다 가능성이에요. 날아오르는 법이 여기도 있어요. 고난이 오니 내 가슴은 뛰는 걸요. 삶이 가속화되고 급히 성장하는 길은 고난을 통해서도 얼마든지 가능해요.

평탄할 때는 불순물이 재빠르게 걸러지지 않거든요. 뜨거운 풀무 불에서 순금이 격렬하게 나와요. 달게만 살면 이빨이 썩어요. 어금니를 내밀어요. 일어나는 모든 삶을 좋네, 마네 구분하지 않죠. 나는 모조리 씹어 먹습니다. 그러니 일은 터져야 하고요. 저지레는 죽을 때까지 계속해야 합니다. 전부 씹어 먹게요. 살도 만들고 맑은 피도 만들게요.

아하, /
빙그레

　인생을 밝히 알고 보면 왜 웃을 수밖에 없는지 이유가 있어요. 우리 인생은 대부분 내가 심어 놓은 것에 내가 넘어지고는 혼자 좋아했다가 슬퍼했다가 하고 앉았기 때문입니다.

　심은 사람이 자기라는 것을 자꾸 까먹어요. 그러니 괴롭지요. 제멋 대로 자기가 가진 고정관념에 따라 믿고 제멋대로 뭔가를 심고 나서 그 결과에 제멋대로 좌절하고 화내요. 그야말로 인생이 혼자 북 치고 장 구치고 멋대로 멋진 겁니다. 멀리 떨어져서 나를 보면 흥미로운 코미 디지요. 달링! 우리 이제 스스로를 실소해 볼까요. 나는 참 바보 같은 면도 있네, 하고 말이지요. 멍청이, 하면서 나를 비웃어 보는 것이 좋 아요. 자기 부정도 즐거워요.

　빙그레 웃어요. 하늘보고요. 땅을 보고 즐거이 콧방귀를 껴요. 하늘 과 땅이 주신 지금 이 일을 계속할 것이에요. 멍청이 같지만 귀여운 나 와 재수는 좀 없지만 그런대로 아름다운 을봉이와 뒹굴며 살아요. 티 격태격 싸움도 좀 하고요. 동그랗게 계속 굴러요. 동그란 인간이 될 때 까지요. 아하! 빙그레 웃음이 날 때까지 살고 져요.

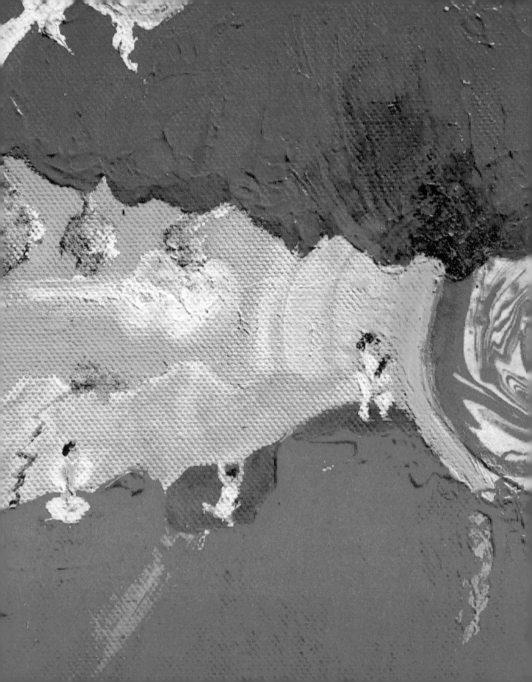

야호!
축제다

야호!

인생을 축제처럼 맞이합니다.

천 세대까지 이르는 축복 전수자 해요.

새해 복 받는 것은 기본이고

이제는 새해 복 주는 한 인물 해요.

우리는 잘되어 가고 있습니다.

은은히 어떻게든 되어 가고 있어요.

두통약 먹더라도 조금만 신경 쓴다면 생각보다 잘되어 갈 겁니다.

이것은 긍정적인 주문이 아니에요.

이는 사실입니다. 과학이죠.

내 앞에 내 인생이 차곡차곡 쌓이고 있습니다.

깊어지고 있어요.

겁낼 이유 없습니다.

인생을 숙제처럼 사니 무서웠지요.

축제로 살면 삶은 '야호!'입니다.

여태 귀여운 닭을 타셨다면
이제는 불사조도 한번 타고 날아 봅시다.
이것이 자신에 대한 예의지요.
질 좋은 사랑은 높이 삽니다.
높이 살겠다, 결정하면 신바람이 불어닥칠 거예요.
그때부터 바람이 나의 날개를 받쳐 줄 거예요.
여건이 허락한다면 주구장창 타고 납시다.
야호! 천국도 가 보고 지옥도 관람합니다.

21세기, 숙제는 로봇에게 시킵니다.
오늘부터 사람은 야호! 축제처럼 삽니다.
새우잠을 자면서 태평성대 누립니다.

_ 삶의 매혹자

나를 덮치는 사자를
집어 먹어요!

사람은 물 위를 걸을 수 없고 하늘을 날 수 없어요. 파리보다 낫지 못할지도 몰라요. 즐거운 창조주는 파리를 위해서 사람을 만들었을지도 모르니까요.

그래도 내 가슴을 정복하면, 내가 나와 싸워 이기면 '사람'이 될 수 있어요. 내 속에 있는 사자가 나를 덮치면 집어 먹어요. 무지와 게걸스러운 악이 나타나면 입을 크게 벌려요. 통째로 털어 넣어요.

사자가 나를 처먹기 전에 내가 사자를 삼켜 버려야 해요.

그런 다음 잘 소화시켜요. 사자가 사람이 되게요. 그래서 세련된 절제미를 지닌 인간으로 재조명해요. 사람으로 방긋 다시 돌아와요.

앞으로 전진하더라도 두려워할 필요 없어요. 좀 두려워해도 괜찮고요. 포기만하지 않고 가면 되지요. 물론 때에 따라 포기도 쉽게 할 줄 알고요. 어쨌든 놀라지 않는 사자처럼 계속 가요.

어떻게요? 놀라지 않는 사자처럼 가면 되지요. 나를 죽이려고 덮치는 것이 있으면 잡아먹으면서 질주해요.

['고독감이 밀려올 때는 노란 색연필 한 자루 있으면 돼.
오늘은 나를 덮치는 사자를 잡아먹기에 제격이야.']

사람은 왜
화끈해야 하는지

새벽달이 뜨겁고요.
별도 뜨겁고 파충류 장지뱀도 뜨거워요.
어젯밤 몸 푼 고양이도 뜨겁습니다.
꽃도 뜨겁고 겨울 공기도 뜨겁고
땅도 뜨겁고 샐녘 나무도 뜨겁고
수억 개의 심장이 지금 틴들,
생명이 이래 부글부글 화끈하네요.

사람은 왜 화끈해야 하는지.
왜 인간이라면 그 행동이 미끈해야 하는지.
인간은 왜 식으면 죽는지,
인간이 화끈하지 않고 도대체 어떻게 행동할 것인지,
달님에게 물어봐요.
사고, 생각, 사유, 고상하게 머리 굴리지 않고요.
바로 해 버리면 그리 시원합니다.

_ 삶의 매혹자

그대로 '화끈'이죠.

진짜 지성은 아는 것을 화끈하게 움직이는 거예요.

즐겁게 살고 싶으면

기쁨 가득한 행동을 지금 당장 하는 겁니다.

꿈을 이루고 싶으면

꿈을 이룬 듯 화끈, 매끈 지금 살아 버려요.

위대한 사람이 되고 싶다!

그냥 지금 당장 화끈하게 위대하죠 뭐.

캡사이신 느낌으로 위대한 말을 해요.

위대한 행동을 해요.

성공해야지! 지금 해요.

성공자의 말과 행동을 화끈하게 해요. 지금 당장 해요.

Just do it.

우물쭈물하다가는 큰일 납니다.

'휴머니즘'으로 사고事故를 치십시다!

지금 당장 화끈하게요.

물론 우리는 존재하고 있는 것만으로도 지금 화끈합니다.

_ 삶의 매혹자

빛나려고
악몽을 꾸는 그대에게

[악몽 좀 꾸면 어때요? 사람이 더욱 빛나려고 그러는 거예요.]

나는
사람을 생각합니다

만나면 시시해질 사람들

그래도 사람이 보고 싶지요.

누구 말마따나

사람은 누구나 외롭거나 무겁거나.

별은 별을 생각했고

나는 사람을 생각합니다.

나는 안녕을 　／
쟁취할 거예요

하이 hi

샬롬 שָׁלוֹם

니 하오 你好

구텐탁 guten tag

올라 hola

나마스데 नमस्ते

봉쥬르 bonjour

타시델레 Tashidelek

나는 지금 안녕이 불편해요.

그러니까 분위기 있는 바바리를 입고

평화의 넥타이를 매고 전쟁을 해야 해요.

경륜의 장화를 신고요.

웃고 있는 만개의 장미를 짜서 입술에 발라요.

나는 똑똑하게도 내 이름을 까먹었어요.

전쟁을 해야 평화를 빼앗지요.

나는 이제 안녕을 뺏을 거예요.

안녕이라는 것은 불을 품는 거예요.

말갛게 타오르지 않으면 잡아먹히지요.

나는 평화를 찾아다니며 구걸하지 않을 거예요.

이제 나는 안녕을 쟁취할 거예요.

부디 안녕히 계세요.

_ 삶의 매혹자

어떤 일에도
즐거이 놀고 자빠지시길

지금 당장 자신으로 돌아가

자신을 즐기는 일 말고

다급한 일이 또 무엇이 있겠습니까?

사람에 대한 지식이 무궁하기를 빕니다.

더불어 나에 대한 앎이 날쌔시길.

행복에 대한 덕이 풍요로우시길.

어떤 일에도 즐거이 놀고 자빠지시길.

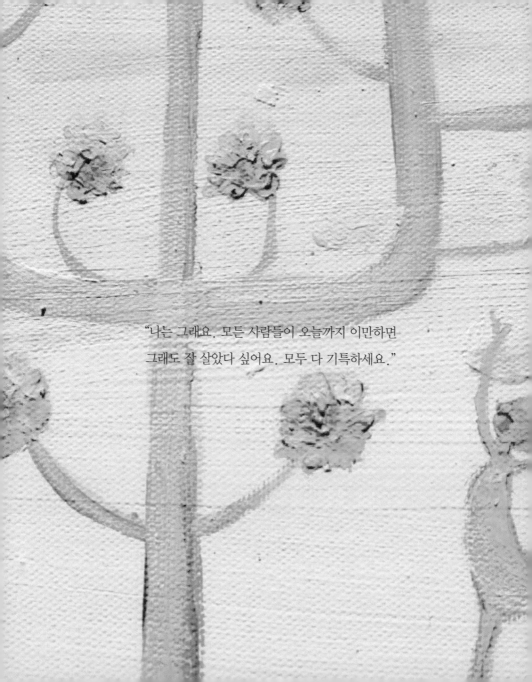

"나는 그래요. 모든 사람들이 오늘까지 이만하면
그래도 잘 살았다 싶어요. 모두 다 기특하세요."

삶의
매혹자 2

　삶의 매혹자는 평범합니다. 힘을 뺀 듯 무위無爲하고요. 자연스럽죠. 말이 어눌할 수 있어요. 비어 있는데 충만하지요. 매혹자의 이름은 희미합니다. 매혹자의 얼굴은 유행을 타지 않았어요. 어린 순처럼 가냘파요. 매혹자의 위는 너무 밝지 않아요. 아래는 지나치게 어둡지 않아요.

　매혹자는 맑게 눈부셔요. 그렇지만 눈부시지 않게 합니다. 다른 이들을 위해 주파수를 맞추어요. 자기를 조율하죠. 고도를 낮춥니다. 그러니 매혹자의 겨드랑이로 태풍도 지나다니고 산들바람도 왔다 갔다, 합니다. 진실 하나로 삽니다. 물론 자신이 옳다는 정의가 사람에게 상처를 입힐 수 있다는 것도 잘 알아요. 그래서 삶의 매혹자가 힘이 세요. 매력 있어요.

삶의 매혹자의 지성미. 사랑을 평범한 이보다 더 알고 있지요. 사람의 노력, 올바른 행위, 승리의 감각, 깨끗한 힘, 반듯반듯한 기쁨, 위풍당당한 승리, 사랑의 효용성. 지성을 양껏 가졌네요. 삶의 매혹자는 멋을 압니다. 우리가 하나라는 것을 알지요. 매력적인 매혹자는 존재도 하고 소유에 있어서도 결코 낡지 않는 가방을 가지지요. 고귀한 아름다움을 욕심내고요. 자신이 지니고 있는 경향에 휘둘리지 않아요. 죄나 슬픔을 의식했으면 민첩하게 빠져나와 버립니다. 사랑은 높이 나니까 그래요.

죽 쒀서 개 주는 매혹자의 영광. 매혹자의 얼굴은 사려 깊지요. 서늘하면서도 온화합니다. 철저하고도 따뜻해요. 위엄을 지녔네요. 아이 같습니다. 수묵담채화 느낌의 얼굴로 또는 팝아트 분위기의 얼굴로 삶을 사랑합니다. 다른 사람에게 경의를 표합니다. 자신을 곱게 여깁니다. 고결함을 유지합니다. 인간의 격에 걸맞게 움직입니다. 고개를 위로 쳐듭니다. 깊이 걷는 한 마리 학처럼, 쏜 화살처럼. 기품 있는 목표로 사람을 생각합니다.

삶의 매혹자는 인간적이고 너무나 인간적이에요. 마침내 신성한 힘도 넉넉하게 가져왔어요. 불평을 늘어놓는 노예, 비열함을 모두 쫓아내어 버렸어요. 양심의 소곤거리는 소리를 귀담아 들어요. 평화와 정의를 강물처럼 마십니다. 경계를 넘어요. 어떤 것도 삶의 매혹자를 금할 방법이 없어요.

그러니 사람이 급속도로 진보합니다. 피고 지는 무궁화처럼 무궁아입니다. 삶의 매혹자는 죽음까지도 사랑과 진보로 삼습니다. 백골이진토 되어 넋이라도 있고 없고 뭉게뭉게 사랑합니다.

삶의 매혹자는 사랑에 미친 자입니다.

파란만장 당신, 그래서 멋진 그대, 깊은 당신.
자랑스러운 달링들. 편히 쉬어요.
후! 숨 한 번 크게 내쉬어요.
살아 보려고 고생하시지요.
좇고 쫓기고 엎어터지고 울며 불며, 죽겠다, 살겠다…….
몇 억년 동안 우리가, 여기까지 오느라 고생 많았지요.

사랑.
우리가 가장 좋아하는 사랑.
우리가 하기 싫어하는 것도 사랑.
사랑이 나를 옳게 해요.
사람의 맥을 힘차게 만들지요.
차원이 다른 젊음을 마시게 해요.
사랑은 풀어 주고, 놓아주는 거예요. Let it go.
사랑은 몸을 움직여 증명하는 거예요. Ready go, action!
사랑은 그냥 다 주는 거예요. 그래서 사랑은 높이 사는 거예요.

³ 사랑

괜찮아요
하나도 안 아까워요
사랑이 우리를 낫게 합니다
미련 없단 말입니다
축하해요
아리랑, 쓰리랑 사랑
휴머니즘으로 사고를 쳐요   점잖고 융숭히 대접해 볼 일입니다
깨어 사는 것이 아가페   잡초처럼 퍼져라, 사랑아!
기쁜 나팔을 불어요   브라보!
싸구려가 될래요   두고 보자
사랑의 화신   파이팅! 파이팅!
사랑하느라 아무도 죽지 마요   세상 한번 살아 볼 만하네
시간의 지배자   사랑에 빠진다면 뭐든지 할 수 있어요
지금 이대로가 완벽해요   기쁜 숨
캬!   가벼운 어깨
나는 사랑에 빚졌어요   만세 삼창이 있겠습니다
쳇, 행복 따위!   우리, 어깨동무해요
내게 행복을 허락했어요   자신의 이야기를 해 봐요
행복보다 더 상큼하고 신선한   누가 싸잡고 말려도 평화
홀가분   사랑하는 것이 제일 쉬웠어요, 해요
죽음도 사랑이라   존경합니다
감사 왈츠를 춰요   달링 목 빠지게 기다리고 있어요
기쁨이 슬픔에게   우리 신나요
사랑 낭비합니다   나의 아부는 거의 간신 수준입니다
삶의 매혹자 3   나를 선사합니다
장미꽃으로 매우 쳐 줘요   마음껏 살아
'포옹', 방귀를 하나 뀌더라도   사랑이 활짝 폈나이다
같이 있을 가치   고맙습니다
부 · 귀 · 영 · 화   천 번의 키스

휴머니즘으로 /
사고를 쳐요

우분트 I am because you are 다른 사람이 슬픈데 '어찌' 한 명만 행복해질 수 있나요? 지나치게 혼자 잘 먹고 사는 분이 넘어지면 쌤통이지요.

높으신 분들도 좀 넘어져 봐야 영혼의 키가 크지요. 그래서 저는 잘 넘어지라고 복을 빌지요. 나도 만만찮게 높은 사람이라 오늘도 곱게 넘어질 그릇되게 해 달라 기도를 했지요.

그런데 여린 이들과 추레하고 희미한 빛들과 흐르지 못한 강과 가련한 귀신과 바닥을 기는 것들이 아프면 나는 아파요. 초조한 사랑, 애타는 사랑, 나는 여태 앓는 사랑을 했네요. 풀벌레가 웃나요, 우나요. 가을 같네요. 이번 가을도 징그럽게 타겠어요. 나는 다시 사랑앓이에 들어가요. 밤을 새어 머리를 처박아요.

백년 만에 달이 진 오늘 밤은
마음껏 울 것.
위장병에 걸릴 것.

_삶의 매혹자

기꺼이 아플 것.

가슴이 찢어질 것.

불면증을 앓을 것.

신경통에 보대낄 것.

걱정으로 밥맛이 없을 것!

진실이 미움받을 것!

우리 이 사랑으로 전국 제패해요.

휴머니즘으로 사고를 쳐요.

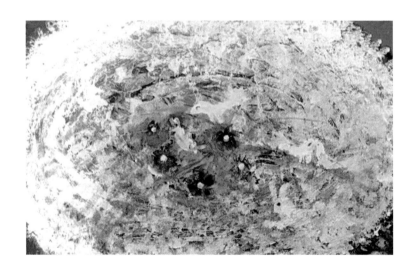

깨어 사는 것이 /
아가페

홀로 으뜸 우뚝
미치도록 이기적으로
깨어 사는 것이 아가페
대한 독립 만세!

_ 삶의 매혹자

기쁜 나팔을 /
불어요

나는 아침의 영광, 나팔꽃.

조용한 아침 나팔꽃 세레나데를 불어요.

삶은 고난이라고요? 고난이 유익이라고요?

그럼 그런 세상 창조해서 살면 되지요.

고난은 어찌 보면 생각의 오류일지도 모르죠.

삶은 사랑이에요. 잔치예요. 기쁜 나팔을 들어요.

회개의 눈물 바람 하면서 바람을 타 봐요.

아프고 빛나는 것들을 꼭 껴안고서

우리 안에 있는 빛을 열어 젖혀요.

우리 날아올라요! 나팔을 흔들어요.

날개 없이요. 즐거운 나팔을 불어요.

날개 있이 나는 것보다 과학적이에요.

각자의 삶에 기쁜 나팔을 불어 넣어요.

모두가 사랑이에요. 이대로 영광이에요.

약속의 무지개가 내 발바닥에 빛나고요,
우리 앞에 아우토반대로가 뚫렸어요.
광야는 기회의 땅으로 열려 있네요.
우리가 새 길이 될 거예요.
희망의 독수리 되어서 솟구쳐요.
사랑한다고 고맙다고 나팔을 불어요.

_ 삶의 매혹자

싸구려가 / 될래요

오늘은 바람처럼 햇볕처럼
값없이 주는 싸구려가 되는 것이 좋겠습니다.
고상함을 대세로 잡고 나는 싸구려가 될래요.

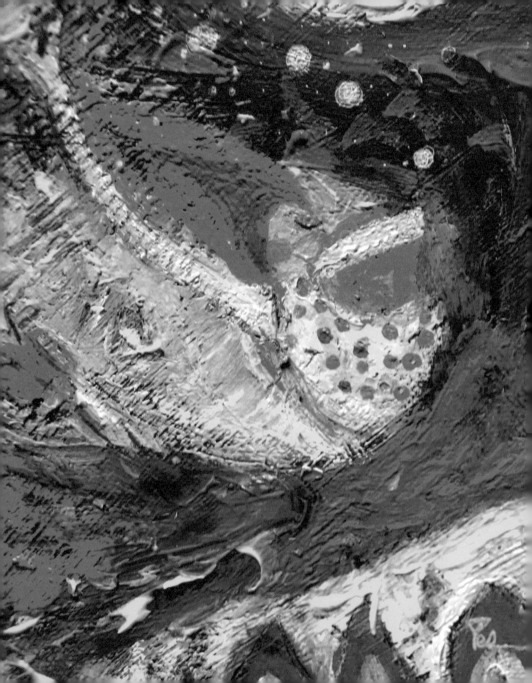

사랑의 /
화신

두 주먹 불끈 쥐었어요.

사랑의 화신으로 가실게요.

의식 높여서 동네방네 사랑할게요.

하나님의 소원도 제가 들어줄 겁니다.

이제 불평, 불만은 맥도 못 춰요.

닥치고 내가 먼저 사랑해 버릴 것이니까요.

사회한테 나 좀 사랑해 달라고 주억거렸다면

참나, 고까워서.

내가 먼저 사랑하렵니다.

어제보다 쓸데없이 더 사랑할 겁니다.

PS

그렇다고 먼저 사랑할 수 없다고 죄책감 느끼지 않아요.

모든 것을 그냥 둬 봅니다. 멀리 떨어져 있어 보아요.

정물화를 감상하듯이. 사랑하지 않는 자기를 즐겨요.

_ 삶의 매혹자

그러면 자기가 보이죠. 사랑스런 내가요.

'아. 사랑하지 않는 나도 있구나!'

나는 정말 행복해요. 내가 이런 사람인 것을 아니까요.

나는 사랑할 수 없는 사람임을 아는 것만 해도 개운한 기쁨인 걸요.

나를 사랑하기도 바쁘고, 버겁고.

비록 편협한 자리에 있다 할지라도,

홀로 통째로 자기를 껴안고 기꺼이 '뽀대' 나게

사랑하지 말고 버티고 있어요.

그래서 모두가 사랑인 것을 증명해 보여요.

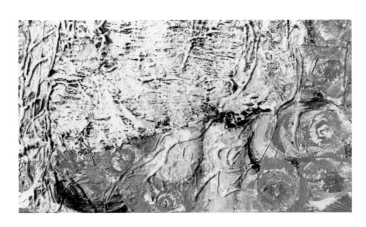

["거침없이 사랑하고 당돌하게 사랑하여 섹시하시기를!"]

캬! /

    삶은 얼큰한 짬뽕, 영광스러운 짬뽕.

    호로록 들어가는 부드러운 면발, 거칠거칠한 버섯, 질긴 오징어, 미끈미끈한 해삼, 시집살이 보다 매운 고추, 달달한 시금치, 시큼한 단무지, 그리고 뜨거운 국물.

    이 한 그릇을 모두 비우면, 캬!

    목숨이 이렇게 얼큰해집니다.

    이 일은 좋은 일, 저 일은 나쁜 일.

    이 사람은 좋고, 저 사람은 못됐고 이렇게 나누어서 사는 것은 내 스타일 아닙니다. 사람이 구질구질해집니다.

    존재들과 함께 그냥 흐릅니다.

    아린 맛, 신맛, 쓴맛, 단맛, 매운맛.

    인생, 모조리 맛보아 줍시다. 땡큐! 후루룩, 쓸어 마십니다.

    나는 그냥 삽니다. 생긴 대로 사랑합니다.

_ 삶의 매혹자

캬!

나의 아버지를 위해 건배.

대지의 어머니를 위해 축배.

우리 인생에 건배! 건배!

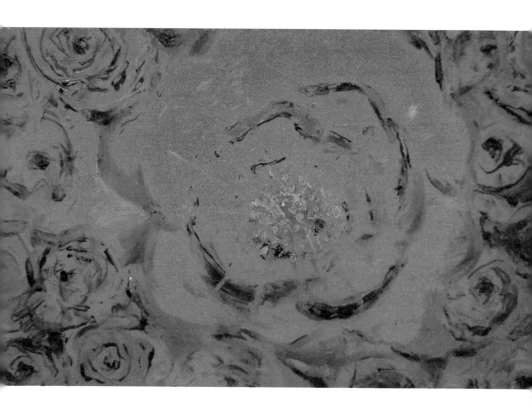

나는 사랑에 /
빚졌어요

그대들이 있어 내가 건사합니다.

나를 사랑해 주어서 땡큐! 날 예뻐해 주셔서 고마워요.

바람 불어 주어서, 햇볕 주어서. 말 붙여 주어서.

춥지 않게 옷 줘서, 배고프지 않게 먹을 것 주어서.

풍요로운 마음으로 살라고 음악 주어서.

내가 이토록 사랑받고 있네요.

내가 뭐라고,

나는 사랑을 크게 받고 있어요.

나는 지금 간이 딱 맞아요.

휘영청 채무 느낌이에요.

사랑! 달개비 파랑,

나는 사랑에 빚졌어요.

가만히 있을 수 없어요.

그래서 더 사랑해야 합니다.

_ 삶의 매혹자

쳇,
행복 따위!

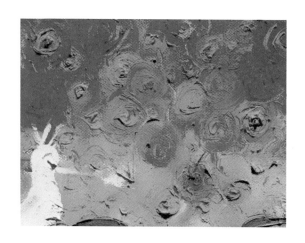

나는 지금 하나도 안 행복해요.
손바닥 크기, 장미의 무덤 위에서
풀을 뜯고 놀고 있을 뿐이에요.

나는 지금 절대 이기적이죠.
내가 원하는 바예요.

증오의 오솔길을 걸어왔지요.
나는 나인 것이 생경해서 어지러웠지요.

방황도 좋은 것이지요.
슬픔도 좋은 것 맞지요.
불행도 괜찮은 것 맞지요.
나는 그만 좋아서 울었지요.
내 손 열 개의 아스파라거스들에게
다이아몬드든지, 지푸라기든지 얼른 끼우고
캐스터네츠를 들게 했어요.

쳇, 행복 따위!
좋은 것을 찾았지요.
행복같이 끈적끈적한 집착이
떨어져 나가도록 춤을 추었지요.

아, 좋다! 아차, 이것도 행복인가요?
이런, 또 나에게 속았네요.
나는 이렇게 약한 걸요.

_삶의 매혹자

이렇게 인간적인 걸요.

나는 그래서 쾌적한 걸요.

행복하지 않을 때는 얼마나 마땅한가요.

행복을 가르쳐 주잖아요.

그러고 보니 행복하지 않은 순간이 없네요.

내게 행복을 /
허락했어요

나는 행복, 행복 목매지 않아요. 추구하지 않아요. 나는 내가 행복함을 은은히 허락했어요. 행복을 추구한다는 것은 지금 행복하지 않다는 힘찬 선언이잖아요. 대신 불행으로부터 자유 했어요. 삶이 어떠네, 저떠네 하는 소설은 소설가가 쓰게 했지요.

지금 펼쳐지는 나와 사건을 직면하고 그냥 안아요. 과시도 과장도 미화도 해명도 할 필요 없네요. 현실을 직시하지요. 더 나은 방향으로 가면 되는 거지요. 삶이 이끄는 대로요.

그래서 "행복 하고 싶다." 이 말은 개코 같은 소리네요. 더 이상 행복하려고 애쓸 필요 없네요. 왜냐하면 나는 이미 행복이기 때문이지요. 시험 공부하기 전에 우리가 행복임을 먼저 알아야 했어요.

지금 해요. 그냥 해요. 그냥 해 버려요. 지금 행복이에요. 그러니 행복해요. 그냥 행복이에요. 당장 행복해요. 행복해 버려요. 머리에 힘

_ 삶의 매혹자

주지 말고요.

고무줄 바지 입고 마실 놀러 가듯이 해 보는 거예요. 행복해서 '해'보는 거예요. 그냥 당장 해요. 해 버려요. 행복 하고 싶어, 할 필요도 없어요. 하려면 하고 말라면 말지요. 시도는 없어요. 그냥 행복해요. 우리 기지개를 펴 봐요.

행복보다 더
상큼하고 신선한

행복하기 위해서 산다는 인생의 목적도 최첨단 시대에 걸맞게 좀 바꾸어 봤어요. 행복하세요, 좋은 일만 일어나기를요, 이런 것 말고요.

사육되는 배부른 돼지에게 '행복'이라고 이름을 붙이고 부러워하지 않아요. 21세기는 행복 말고 다른 가치도 찾아볼 수 있어야겠어요.

음, 그러니까 행복보다 더 행복하고 상큼하고 신선한 뭔가를 말이지요.

_ 삶의 매혹자

홀가분 /

하루 종일 뭐하냐고요? 홀가분하지요. 사랑이 흐르는 소리에 귀를 기울여요. 그러면 자꾸 웃음이 새어 나와요. 감출 수가 없어요.

내가 예뻐, 네가 예뻐 마음으로 눈으로 수시로 사진을 찍는 걸요.

꽃을 한참 쳐다보면 꽃이 그래요. 당신 표정이 나에겐 꽃이네.

솔방울 가득 핀 저 나무도 잘생겼어요.

조용히 몸이 구부러진 이 아이도 근사해요. 장애라는 것은 없네요.

나무도 아이도 창의적인 영혼의 프로젝트에 가담했고요. 개별, 집단의
식 개발 중, 공사 중이네요. 아하! 사랑이에요. 이렇게 완벽한데요. 경
험할 수 있는 신비예요. 기회만 가득해요.

　하품하는 소의 혀가 날름거려요. 민첩해요. 꼭 신성한 전령사 같지
요. 조금만 움직여도 숨을 헐떡이는 노인의 숨소리, 하늘을 보는 아기
눈의 깜박임. 아! 복으로 가득 찼어요. 이 세계가! 이 대지가! 더 이상
행복할 수 없는 행복뿐이에요. 불행이든 행복이든 모든 것이 완전해
요. 아름다워요. 모두가 사랑의 대명사들이에요.

　사람은 사랑이에요. 사람은 활짝 기쁨이라 웃어도 좋고 울어도 좋아
요. 구부려져도 좋고 펴져도 좋아요. 우리는 왜 이렇게 빛이 날까요?
오직 사람, 오직 사랑, 오직 삶. 부디 사람과 함께해요. 내가 희망이고
사람이 만발한 희망이지요.

　나는 이 신념에 흐드러지게 피어요.
　배포에 사랑이 차올라요.
　그래서 이렇게 홀가분한 거예요.

　　　　　　　　　　　　　　　　　　　　　　_ 삶의 매혹자

죽음도 / 사랑이라

죽음도 사랑이라 나는 죽음을 이용할 거예요.

멋진 피날레를 장식하고 높이 솟아오를 거예요.

죽고 나서 나의 혁명은 더욱 강력해질 거예요.

천 개의 손과 만 개의 목소리로 사랑을 또 할 거예요.

감사 왈츠를 /
취요

'땡큐'로 하나도 '안 땡큐' 했던 것들을 때려 봤어요. 어둠, 병, 악의,
슬픔, 부끄러움, 불편함, 결핍, 우울함, 그 '웬수', 모두 '땡큐'로 때려

_삶의 매혹자

요. 문밖에 나가서 한 분, 한 분 '땡큐'로 맞이하지요.

모두 나를 가르치고 키워주는 천사들이지요. 나에게 즐거움을 주고요. 새로움을 선사해요. 나 잘되라고 보내 준 하늘 선물이에요. 사람들이 모두 제 갈 길을 가고 있는 것도 감사해요.

나는 감사 왈츠가 춰 졌지요. 내가 쓰다듬어져요. '땡큐!' 하지 못한 추억이 민망해졌지요. 고마우니 그저, 거저 신이 납니다. 삶은 깜짝 놀라게 고마운 걸요. 이 삶으로의 초대가 과분해요. 모두들 환영해요. 어서 와요.

감사로 삶 곳곳을 때리니 이목구비가 시원해요. 오히려 담대한 마음이에요. 운명이 우리를 희롱할 수 없지요. 운명도 우리가 무서워서 비켜 가지요. 결연한 가슴으로 비엔나 숲 속 새처럼 사뿐사뿐 걷게 되네요. 거리낌 온데간데없는 느낌이에요. 포텐 높이 터지네요. 생의 오르가슴이 크네요. 땡큐, 땡큐! 오 땡큐! 쑥 자라는 콩나물처럼 아삭하게 살기 시작했어요.

기쁨이 　／
슬픔에게

"날아가고 싶어 울고 있는 슬픔아. 귀여운 친구야. 사랑스런 친구야. 많이 힘들었지요? 친구가 아프니 나도 아파요. 그래도 더 이상, 이 보다 아프지는 말아요. 우리가 가슴 찢어지게 슬퍼하면 엄마는 더 많이 아파해요. 깜깜한 데로 숨지 마요. 두렵고 떨리더라도 도망가지 마요. 이것을 정면 돌파해 봐요. 우리 지켜봐요.

알아요. 그대 마음 알아요. 무섭지요? 가슴이 찢어졌겠어요.

사느라 고생이 많아요. 봐 봐요. 눈물 닦아 줄게요.

울어도 예쁘네요. 좋게 보이려고 설명하지 않아도 돼요. 애쓰지 않아도 돼요. 그대는 지금 완벽해 보여요. 그대 그래도 늠름해요. 아름답고 있어요. 슬픔도 알뜰히 느껴 보죠. 아픔도 잘 체득해 보자고요.

지나 온 고통의 흔적은 소명의 표지가 될 거예요.

토닥토닥. 걱정 마요. 괜찮아요. 안심해요. 지구가 두 쪽 나지 않아요. 어떻게든 잘되어 가고 있다는 사실 세계를 믿어 봐요. 나는 슬픔이 어두운 터널에 있을 때, 터널 밖에서 어서 뛰쳐나오라고 외치는 이가 아니에요. 기꺼이 그대 곁에 다가가요.

그대와 함께 어둠 속에 앉아 있어 줄 이, 그게 나, 기쁨에요.

제 어깨에 기대어 봐요. 언제나 그대와 함께해 줄게요.

나, 기쁨은 그대의 머리 하나쯤은 너끈히 버틸 수 있다고요.

아! 그대는 대강 살지 않았군요. 열심히 사셨다, 그죠?

다들 참 기특하기도 하지요. 성실하니 슬퍼도 하는군요.

그대의 소망이 뭔지 저에게 보여 줘요. 찬란히 속삭여 줘요. 내 가슴에 새겨 넣고 이루어 볼게요. 넘어졌는데도 안 일어나고 있으면 반칙이에요. 함부로 실망 마요. 희망이 건강에 좋아요. 낙담은 우리 궁지에 어울리지 않아요. 본때를 보여 주자고요. 격파해 봅시다. 멍들고 시린 뒤, 더 불타는 사랑을 하게 될 거예요. 두려움 없는 노래를 부르게 될 거예요. 그대는 사람을 감동시킬 거예요. 이 눈물로 모든 사람을 시원하게 해 줄 댐을 지어요.

실컷 쏟아 버리고 이제는 쉬어요.

내 집에는 그대 슬픔뿐만 아니라 증오와 후회와 한숨과 불구자와 낙담과 절망과 지옥들이 쉬어 갈 곳이 아주 있어요."

"아! 그리고 한 가지 부탁이 있어요.

내가 그대 슬픔을 동경하고 목말라 있을 때에

나, 이 기쁨도 위로해 주러 와 줄 수 있나요?"

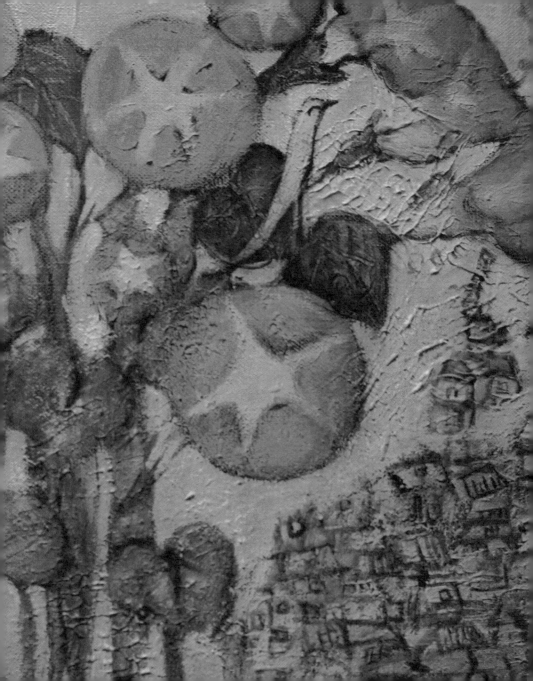

사랑
낭비합니다

피상적인 긍정은 일찌감치 때려치웠어요.

정돈과 모범

밝음과 옳음

깨끗함과 예절

반듯한 말과 매끄러운 생각

부드러운 엄격 또는 정제된 길

선량한 의도만이 훌륭한가요?

요것만 가지고는 사랑 낭비가 어렵겠습니다.

이뿐만 아니라

후회도 하며

한숨도 쉬며

싫증도 내며

헐떡이며

콧방귀를 뀌며

_ 삶의 매혹자

가면도 써 가며

꼴값을 떨며

있는 척 차려입으며

즐거이 걱정하며 삽니다.

긍정과 부정을 모두 모으고

정正과 반反, 싹 다 끌어서

합습을 만들었어요.

그래서 자유자재합니다.

더 풍부하게 삽니다.

장기 순이익 남깁니다.

제대로 사랑 낭비합니다.

우아함을 대세로 잡고

오늘도 기쁘게 치고 박고 삽니다.

방긋 봉긋 성령 충만 알뜰살뜰 만법귀일!

만사, 두루 오케이, 원만, 형통, 일체, 사랑, 은혜, 땡큐.

삶의
매혹자 3

신 · 분 · 상 · 승

아! 마이너를 지향해도 즐거운 힘이 솟구쳐요. 아래로, 더 아래로. 한심하면 어때요? 하심하면서 오르는 거예요. 마침내 지옥까지도 성큼 가요.

사람을 만나면 기민한 힘이 나요. 사랑이 신이 나요. 확실히 싸우는 것보다 사랑하는 것이 즐거워요. 뒷담화나 김치 따귀를 날리는 날보다 언제 밥 한번 먹자 거짓말하는 날이 더 낫지요. '그럼에도 불구하고' 사랑해 버리는 것이 제일 쉬워요. 미워하는 것은 머리가 아파요. 사랑해 버리면 아뿔싸, 미워하는 것보다 더 아프네요. 가슴이 더욱 아프네요.

삶의 매혹자는 사람이 미워지는 것이 불가능한 일이 되고 말았어요. 나는 X. X로 아무것도 아니게 자기를 만들었지요. 삶의 매혹자의 가슴에는 쉴 곳이 많아요. 가슴이 갑부예요. 정치하게 깨어 있거든요. 그러니 바투 엎드려 있는데도 최고의 신분이에요.

삶의 매혹자의 의식수준이 높아요. 지금 아래로, 더 낮게 신분 상승하고 있어요. 자기를 납작하게 하고 있어요. 더 소심해져요. 먼지보다 작아져요. 맑아져서 마침내 공기처럼 투명해져요. 색깔도 없고 냄새도 없어요. 아무것도 아니어서 없어져 버렸어요. 맹탕 같네요. 조금 움직이기라도 하면 바람 같아요.

그래서 모든 것들이 삶의 매혹자를 통과하기 시작했어요. 삶의 매혹자는 자기가 존재 전체임을 알았어요. 모든 것으로 신분 상승했지요.

신분 상승에서 중요한 것이 있어요. 듣는 기술이에요.
삶의 매혹자는 사람을 만나면 다중인격이 됩니다. 팔색조지요.

개구리를 만나면 개구리와 다정하게 눈 맞추어요. 깡패를 만나면 깡패가 되고 왕을 만나면 왕이 되고 무지렁이를 만나면 무지렁이가 되어 버리지요. 현자도 성자도 될 수 있어요. 하늘을 만나면 하늘이 되어요. 지체 높으신 하나님과도 말이 통해요. 어둠을 만나면 고도를 낮추어요. 기꺼이 어둠이 될 수도 있지요. 앞뒤가 맞지 않는 사람과 대화할 때는 얼마든지 앞뒤가 맞지 않게 가요.

매혹자는 꽉 막히고 융통성 없는 사람도 매력이 있다, 해요. 변덕을 부릴 줄도 알고, 사람이 얼마나 사람답냐고 합니다.

매력 있는 사람은 단지 사람을 만나지요. 사람을 고치려 들지 않아요. 고칠 사람이 없어요. 충고할 이유 없어요. 이들의 가슴이 되어 스미어요. 지쳐서 못 나는 새를 그대로 품어 주지요. 그런 좋은 가슴 하지요. 더럽게 기분 나빴던 그 인간 소리도 듣고 앙칼진 저 여자의 비명도 듣고 주정뱅이 가장의 한숨도 듣고 나의 친구 '나'의 소리도 귀를 기울여요. 버릇없다는 요즘 아이를 가르치려는 열정을 자제해요. '빡, 쌩까,' 아이들이 구사하는 감정을 경청해요.

매혹자의 귀는 천 개 만 개로 신장개업했습니다.

나도 아래로, 깊이 낮게 신분 상승 중이지요. 어제는 비록 행복을 꾸는 '막달라 말이야', 였을지라도 오늘은 '막 주는 마리아'로 지목 변경했

_삶의 매혹자

어요. 고도를 낮춘 말 밥통에 그리스도가 내려오셨네요. 오늘은 갈대 바람보다 날렵하고 높이 뛰네요. 나도 덩달아 올랐어요. 낮게 흐르는 맹물 같네요.

　　나는 지금 공중부양 중입니다.

장미꽃으로
매우 쳐 줘요

독한 장미꽃이 필요해요.
농약 잔뜩 친 장미꽃.
그 꽃 한 다발을 사서
지리멸렬한 삶을 때립니다.
꽃으로 죽을락※ 말락※ 하는 일상을 때려요.
한 개도 축하할 줄 몰랐던 나를 후려칩니다.

그래서 수려한 나를 즉시 뽑아 올려요.
사랑을 엄선해요.
겁은 겁에게 점잖게 주고요.
단호박 열매 맺은 것처럼 단호하게.
사랑 없는 곳에
사랑이 식은 사람에게
장미꽃으로 매우 쳐 줘요.

_ 삶의 매혹자

지구별에서 남을 시간이 생각보다 많지 않아요.

최대한 빨리 움직여야 합니다. 민첩해야 해요.

아빠가 내 발에 바람 날개를 달아 주셨어요.

독한 장미꽃 다발 들고 오지랖 넓혀요.

일어나요! 축하해요! 마냥 때리고 다녀야 해요.

'포옹',
방귀를 하나 뀌더라도

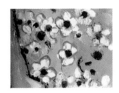

'포옹', 하고 방귀를 하나 뀌더라도
휴머니즘입니다.
'포옹' 하고 사람을 포옹합니다.
'포옹', 방귀 소리 하나에도
꽃향기와 사랑을 담아 안습니다.
모든 것을 꼭 껴안고서 내 길을 굽이굽이 갑니다.
가시는 걸음걸음마다 포옹, 포옹.
뒷모습이 믿음직해요. 즐거워요.
사랑의 행보에는 뭐 하나 버릴 게 없어요.
포옹, 미천한 방귀 소리조차도
사랑의 눈부신 메시지입니다. 꼭 껴안는.

같이 있을 /
가치

'같이'는 자기 향락에서 시작된다고 봐요.

자기 향락은 신성한 숲인 걸요.

슬픔과 비탄에 빠진 지혜들을 말끔히 씻어 줄

피톤치드인 걸요.

혼자 비겁한 것이 저질이지요.

자신의 똑똑한 것 같은 낡은 이성을 목 졸라 버리세요.

답을 찾느라 답답한 위장병을 안아 주세요.

뭐든지 즐겨 내는 승자가 되어 봐요.

완료의 성공보다 주구장창 인간 진행형을 성취시켜 봐요.

누가 때려죽인다 해도

내 오두막에 오는 참새가

지저귀지 못하게 해서는 안 되어요.

법이 웬 말이에요.

풀어놓고 놓아주어야지요.

돌아다니게 해 주어야지요.

우리가 새로운 귀족이 되어 봐요.

한 개도 안 즐거운 것, 낡은 것들을 부수어요.

심술궂고 교활한 쓰레기에서

감추어진 잠언을 끄집어내어요.

비난의 말 속에 쾌락을 찾아봐요.

목구멍까지 사랑이 차오르지 않으면

어떤 말도 지껄이지 않아요.

우리의 소원은 제대로 먹고 사는 것처럼 사는 것.

불가능한 것 같지만 꽤 가치 있는 '같이'를 사는 것.

동의하십니까? 가치 있는 '같이'를.

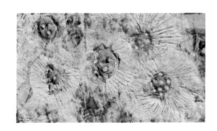

_ 삶의 매혹자

부·귀·영·화 ╱

아래로 더 아래로. 이마에 부드러운 등불을 켜고

감옥도 가고 지옥도 가서

싱싱한 꽃씨를 들고 가서

내 아픈 친구에게 뽀대 나는 정원을 만들어 줄 겁니다.

우리 더욱 사랑하게 되니

태평성대를 삽니다.

고대광실에 거합니다.

부귀영화 함께 누립니다.

Though thy beginning was small

Yet thy letter end should greatly increase.

괜찮아요 /

괜찮답니다. 정말 괜찮아요.

생을 기피해도 괜찮고 도망가도 괜찮고

불안해도 괜찮고 오기를 부려도 괜찮고

우울해도 괜찮고 후회해도 괜찮고

화를 내어도 괜찮아요. 걱정해도 괜찮아요.

지금 절망해도 괜찮아요. 슬퍼해도 괜찮고요.

기진맥진해도 괜찮아요. 사랑의 아픔을 느끼는 것도 괜찮아요.

힘들면 화를 좀 내도 괜찮죠. 우주 바보처럼 불평도 하면서.

괜찮아요, 괜찮고말고요. 삶은 언제나 괜찮은 것이에요.

우리가 경험하는 것은 다 괜찮아요. 안 괜찮은 것이 없어요. 그간, 괜찮아도 되는데 괜찮지 않은 것을 용납을 못했지요. 다 괜찮은데 괜찮지 않다고 하니 안 괜찮았지요. 괜찮지 않은 것도 얼마든지 괜찮습니다. 기꺼이 알아요. 괜찮다는 것을요.

_ 삶의 매혹자

이제 좀 쉬어요. 내려놓아요. 공격적으로 내려놓아요.

다만 내가 이러고 있다는 것을 알아차려요.

우리는 당장 완결, 성공하지 않아요.

통 크게 봐요. 몇 천 년, 몇 세기를 내다보고요.

우리는 진화하고 있어요. 우리는 '과정'이에요.

그러니 달링, 우리는 괜찮은 거예요. 평안해요.

모르면 외우더라도 지금 괜찮다는 것을 알아요.

이대로, 그대로 우리 편안해요.

숨을 방긋하게 쉬어요.

휴(休)! 공격적으로 쉬어요.

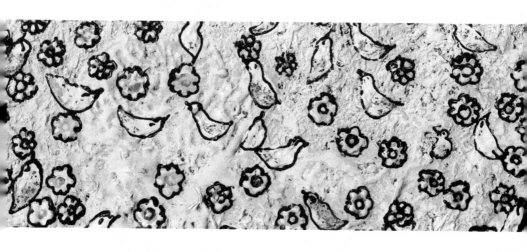

하나도
안 아까워요

나는 내가 하나도 안 아까워요.

오늘은 나의 어디를 태워

그대를 방긋하게 만들어 줄까요?

나는 사랑하니까 일 많이 할 거예요.

그대는 힘드니까 아무것도 하지 마세요.

자기는 가만히 있어요. 내가 다 할게요.

나는 그대가 몹시 아깝답니다.

닳을까 봐 아까워서 못 쓰겠어요.

그대가 없으면 나도 없어요.

그대 존재만으로도

나에게는 넉넉한 베풂이에요.

만약에 내가 사랑이 뭔지 알게 된다면

그것은 그대 탓이에요.

내 사랑을 받아 주세요.

나는 생명들의 숨소리가 사랑스러워 견딜 수 없어요.

이 뜨거운 사랑이 그대에게 민폐가 안 되었음 해요.

아! 나의 소심함! 조심조심, 그대를 살피는 마음.

더 많이 사랑할수록 나는 더 아플 거예요.

나는 매우 아프고 싶어요.

눈물도 좋고 가시밭길도 사랑해요.

다른 것은 모르겠고요.

우리 사랑하는 것만은 결코 포기하진 말아요.

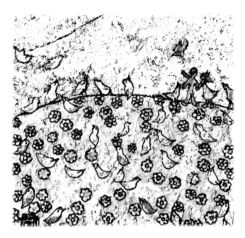

"그대는 참 좋겠어요. 이렇게 예쁜 내가 당신 옆에 있어서요."

_ 삶의 매혹자

사랑이 우리를 / 낫게 합니다

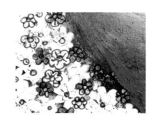

사람이 다치거나 아프면

시간이 해결 안 해 줍니다.

사랑이 우리를 낫게 합니다.

나는 오늘 조지아 오키프 구름같이.

오드리 헵번의 깃털달린 발같이

과일 향 풍선껌같이 가벼워졌어요.

회복했어요. 새싹과 함께 일어났어요.

잘 쉬었습니다. 다시 저지레 시작할게요.

내가 진하게 아팠으니 이제 아무도 아프지 말아요.

그리고 누구든 마음껏 아파도 괜찮은 세상 만들어요.

미련 없단 /
말입니다

피어 있는 꽃 다 받지, 주는 햇빛 다 받지, 부는 바람 다 받지,
어찌 마음에 사랑이 바특해질 수 있겠어요.

오늘 바쁘긴 바빴는데 별 한일도 없이 하루가 가네요.
나는 그저 바람 같아요. 바람처럼 불고 사라져요.
내가 죽어도 세상은 잘 돌아가겠어요.
그래도 마지막까지 나를 다 태워 불고 죽으렵니다.
오늘밤 죽어 불어도 고마웠습니다, 하고 가면 되지요.
혹시 내일 아침 다시 살아나면 '땡큐!',
하고 다시 살아 불고요.

결코 나를 다정하게 불러 줄 리 없는
릴케 바람에도
나는 아랑곳 않습니다.
미련 없다, 이 말입니다.

_ 삶의 매혹자

축하해요 ╱

　축하 인사가 만사지요.

　무진장 축하해요.

　지금 알았던 것을 그때 알았더라면. 우리의 어리석음도 축하해요.
죄라는 것은 무지였네요. 축하해요. 그래도 죄의식도 고마운 것이지
요. 예쁘지요. 정답지요. 죄가 좀 있어도 후련하지요.

　오늘 화창한 날, 축하해요. 천국과 지옥이 결혼을 하네요. 축하해

요. 다 하나에서 나왔네요. 축하해요. 모두 사랑이 낳았지요. 우리는 주는 사랑만이라도 받아먹을 줄 알아야 했어요. 그 정도만 하고 살아도 사람이 시원해요. 그러지 못했으면 지금이라도 스스로 감방을 만들어 반성해야지요. 축하해요. 나는 봉사나 희생할 여유가 없어요. 축하해요. 주는 사랑을 받아먹기에도 짧은 인생이에요. 축하해요. 축하하기에도 바쁜 세상이에요. 축하해요. 축하해요!

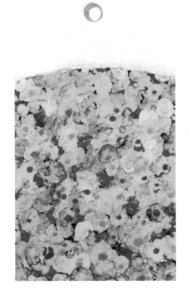

_ 삶의 매혹자

아리랑, 쓰리랑 사랑

좋은 일 나쁜 일, 좋은 사람, 나쁜 사람.
이렇게 단순히 나누어서 살아 봐요.
그러면 인생이 즐겁다가 말아요.
그냥 있는 그대로 모두 사랑스러워요.
가슴에 사랑이 가득 차서 흘러 봐요.
존재들이 태평양을 가르는 참치처럼
싱싱하고 좋은 것으로 변해 있어요.
사랑이 나를 흐르게 허용해 봐요.
생명의 기가 '오메!', 기 살아요.
질 나쁜 뼈까지도 미나리 향기 나게 살려 내요.
사랑은 하루도 거르지 않고 씽씽 달리고 있어요.
덕분에 사람도 거의 싱싱하지요.

아리랑,[3] 나를 깨닫는 것이 즐거워요.

나는 나를 알아 가는 것이 재미나요.

사랑을 더욱 이해하고 있어요.

연약할 수 있는 힘도 유연하게 길렀어요.

사랑, 이것 하나 있으면 어둠도 살라 먹어요.

나는 좋은 햇살과 원기를 북돋우는 꽃향기도 양껏 먹어요.

아픈 사랑도 섭취하기 위해서예요.

나는 아리고 쓰린 심장을 찾고 있어요.

아프고 앓아 인간을 뛰어넘은 사람이요.

혼자 잘 먹고 잘 살아 지금 멀쩡한 것들은

봄 햇살의 저주를 받으세요.

아리랑, 쓰리랑 하면 사랑이 제일 쉬워요.

내가 사랑이라는 것을 까먹지 않아요.

까먹는 것조차도 기쁜 사랑이겠지요.

사랑하지 않고 사는 생명은 하나도 없네요.

이왕 이렇게 된 거,

3) 我(아): 나를, 理(리): 깨닫는, 朗(랑): 즐거움. 아하! 나를 깨닫는 즐거움.

_ 삶의 매혹자

창의적이고 활기, 생기 있는 사랑을 해요.
건축자들의 버린 돌들을 모퉁이 돌로 만들어 버려요.

우리의 가슴은 아리랑 쓰리랑, 해요.
비교적 아리고 쓰라려요.
덕분에 쉽고 유연하죠.
신나게 사랑하지요.
이 매력으로 온통 살아나요.
살리는 감각으로 빛나요.

점잖고 융숭히
대접해 볼 일입니다

자신을 고상하게 생각하기 때문에
인생이 괴롭지요.
나는 고난당하면 안 된다고 생각하니
사람이 힘겹지요.
나는 고생도 할 수 있고
고난당할 수도 있지요.
불쌍한 나에게 융숭히 대접해 줘요.
고난에게도 대접을 잘합니다.
극진한 대접을 해 줄 필요가 있어요.
내 신상에 이롭거든요.

인생 별것이지만 별것 아닙니다.
우리 집 꽃밭의 앉은뱅이 꽃이나
인간이나 다 똑같은 것 같습니다.
모두 흔한 감동입니다.

_ 삶의 매혹자

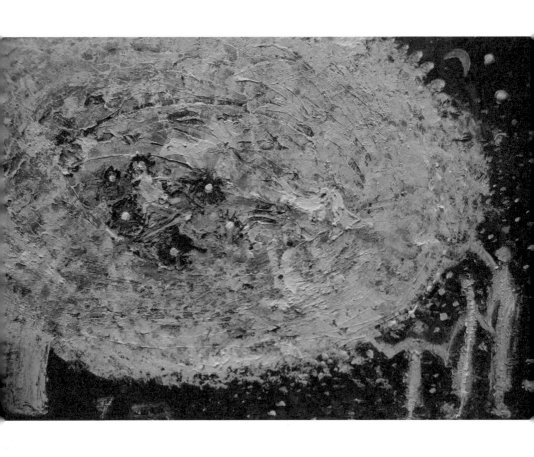

70억의 사람이면 70억 사람의 가치와 해석이 있겠지요.

모두 옳다고 봐요.

아니라면 박이 터지게 싸워도 좋아요.

삶을 대접해 드려요.

앉은뱅이 꽃도 대접해 드리고

불쌍한 나도 대접해 드리고

고난도 대접해 드리고

똥강아지도 대접해 드리고요.

감동받게요.

고마워서 눈물 줄줄 흘리게요.

모두를 점잖고 융숭하게 대접해 볼 일입니다.

쏟아지는 사랑의 밤

하늘의 별이 흔하고 예뻐요.

하늘에서도 지구를 보면

사람 별들이 참 예쁘다 하겠어요.

별들이 우리를 한 사람도 빠짐없이

대접해 주고 있네요.

잡초처럼 퍼져라, /
사랑아!

확 그냥, 막 그냥 여기저기 막 그냥.
천국아! 잡초처럼 흔해라.
지구촌 구석구석까지.

초점 맞춰 떨어지는 사랑의 빛,
적확하게 모아 사랑을 태워야지.
생명 에센스를 바르고
플라스틱 세상에
상쾌한 숨을 불어넣어야지.
나는 항상 내 가슴을 좇을 테니까.

잡초처럼 퍼져라. 사랑아!
잡초처럼 퍼져라. 아름다움아!

집이 아니라 집구석이었으면 해야, 달아, 나오너라. 김칫국에 밥 말아 먹고 장구 치며 나오너라. 희망해야 나오너라. 지금 여기로 오너라. 밝아 와라. 환해져라, 내 인생, 환해져라, 네 인생, 환해져라, 우리나라, 환해져라, 지구촌, 환해져라, 통일된 우리 조국, 환해져라. 우리 친구들, 환해져라, 인생들.

이 그림을 한 번 보면 여러분께 행운이 자주 찾아올 겁니다.
오래보면 볼수록 주구장창 행운이 나타날 겁니다.
마침내 행운이 즐비해서 행운이 행운인 줄 모를 겁니다.
적당히 이 행운 가져가세요. 알아서들 하세요. 공짜입니다.
물론 자본주의에 걸맞게 돈 주고 사 가져도 아무 말 안합니다.

_삶의 매혹자

브라보! /

우리는 사실 진실로 고된 적이 없었어요. 이 모든 것을 아끼고 사랑하고 있는 걸요. 인간은 '힘들다, 힘들어.', 해도 그 어려운 것을 잘도 해냅니다.

큰 사건이 일어나면 크게 배우지요. 배울 이유가 있어서 일어나지요. 배우고 깨우치지 못하면 그 일은 다시 와서 나를 가르쳐요. 뭐 이런 걸 다, 삶은 친절하기도 하시지요. 그래서 고생 혼꾸멍나게 하고 있는 인생은 완벽합니다. 버림받지 않으셨지요.

브라보!

사람이 흘린 눈물은 한 방울조차 헛되지 않아요. 모두 자기 하늘에 닿고 강물에 닿지요. 자기 시대에 꼭 맞아요. 이 좋은 시대에 웃기보다 더 많이 울기를 바랍니다. 웃는 것보다 백배 좋은 감동의 눈물을 매일 흘려요. 세상 참 좋아졌지요? 단군 이래에 최고 좋은 세상이 왔어요.

브라보!

기뻐해요! 우리는 빠르게 성장하고 있어요. 조금 더 크면 이 진흙탕도 고통 없이 구를걸요. 그런 고혹적인 운명지요. 이게 앞으로 계속 펼쳐질 사람의 감동 드라마이죠. 반전에 반전, 최고의 명품 드라마. 내용 탄탄한 드라마예요. 콘텐츠가 훌륭하면 우주 저 멀리까지 한류도 타겠어요. 우리는 그럴 운명이에요.

브라보!

그래요. 우리는 '브라보! 브라비! 브라바!'지요.

Yeah, Crew

_ 삶의 매혹자

두고 / 보자

삿된 것이 아무리 우리를

파리 썩는 골마루에

처박아 넣으려고 해도

두고 보자.

팡파르를 울려 버릴 테니

못난 네 가슴에

꽃피고 새 노래하는 봄.

봄을 안겨 줘 버릴 거니까.

나 비록 진흙탕 밟고 있어도

입체적인 봄을 만들어 줄 테니.

너에 맞는 함박꽃 터트려 줄 테니.

두고 보자.

비발디 봄1 악장. Concerto No.1
Spring from The Four Seasons, Op.8
멍텅구리의 포스트모더니즘.

_ 삶의 매혹자

파이팅! 파이팅!

다 나를 키워 준 시원한 바람이었어요.

사는 것이 이렇게 좋으니 사람이 안 죽고 싶지요.

사람은 더 오래 살기를 간청할 거예요.

아! 지구상에 오래 머무는 것이 나의 열렬한 기도가 될 거예요.

그럼 뭐 어떤가요? 의연하게 죽는 것만 옳은가요?

나는 하루 더 오래 살고 싶습니다. 조금 더 살려고 발버둥 칠지도 몰라요. 더 많은 사람과 눈 맞추고 인사하고 싶어요. 금방 지은 밥을 더 많이 먹고 싶어요. 봄동 겉절이를 더욱 먹어야겠어요. 매서운 겨울 닥쳐오라지요. 수년의 겨울도 견뎌 낼 수 있어요. 얼마든지요.

부디 몸 죽지 말고 기aliveness 죽지 말고 힘내십시다.

모두 사라질지도 모르지만 보란 듯이 살아 냅시다.

끝까지 살아남읍시다.

파이팅! 파이팅!

세상 한번
살아 볼 만하네

살아 있으니 얼마나 좋으냐!, 이 말입니다.

몸이 천근만근인 것도 느껴 보고

의무라는 것도 다해 보고

내 맘대로 안 되는 느낌도 느껴 보고

사랑하니 걱정이라는 것도 해 보고

아이고, 난 몰라! 키스라는 것도 해 보고

이별이라는 것도 해 보고 애도 타 보고

원망이라는 것도 해 보고

후회도 해 보고 실패라는 것도 해 보고

책임이라는 것도 전가해 보고

이런 호사를 누려도 되는지요?

이 못난 나도 살아 볼 만하네요.

삶이 주는 모든 것에 나는 항복!

저항하면 나만 손해.

반갑다고 꼬리치면 멋진 인생이에요.

사랑에 빠진다면
뭐든지 할 수 있어요

해 봐야 반짝반짝 해를 보지요.

하기 싫어서 못하는 것이죠.

하려고 하면 무엇이든지 해낼 수 있지요.

할 수 있어요. 하려고 든다면 얼마든지요.

사랑에 빠진다면 뭐든지 할 수 있어요.

_ 삶의 매혹자

기쁜 /
숨

가쁜 숨, 밤새 악몽을 꾸었지요.
일어나 단지 꿈인 것을 알았지요.
그리고 얼마나 웃었는지 몰라요.
아! 사느라 힘들지요.
이렇게 가쁜 숨이 기쁜 것들이네요.
죽고 나서도 살았던 세월이 꿈이었다는 것을
알아 버릴 텐데, 그때는 또 얼마나 웃을까요?

숨을 정성껏 마셨어요.
자기 숨 챙길 줄 아는 이가 천하무적이죠.
숨쉬기가 사랑 에너지 자가 발전이지요.
숨 쉬고 사는 일이 혁명이지요.
장미 향기 나는 혁명이에요.
숨 잘 쉬는 것보다 큰일은 없지요.
숨은 동사動詞예요. 찬란한 사랑이에요.

숨 쉬는 일, 이것이 시급하고 꽉 차 버려서
나는 꼭 해야 하는 일 같은 것은 없어요.
하늘이 도와 여태 숨 쉬고 사네요.
거대한 숨이 나를 낳았어요.
그래서 살아 있는 내가 이긴 겁니다.
나는 벌써 이겨 놓고 태어났어요.

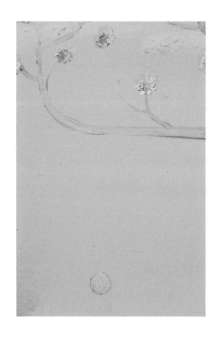

가벼운 /
어깨

아침볕이 좋다 싶어, 얼른 길을 나섰어요. 길몽은 내가 손수 만들어야 하거든요. 재설정 버튼이 있는 이마를 꼭 눌렀어요.

지금 여기, 크로노스의 시간. 다시 '0'에서 시작할 수 있어요.

나팔꽃이 뚯뚯뚯. 꽃은 결단코 인간을 위해서는 터지지 않았을 거예요. 그 호기가 맘에 들어요. 아마도 인간이 나팔꽃을 위해 피었을 거예요. 오늘이 내 생에 가장 젊어요. 가벼운 어깨해요.

기쁜 우리.
오늘도 삶이랑 눈이 맞았습니다.
근사한 연애합니다.
날마다 좋은 날입니다.
어디에 있어도 좋은 나입니다.
내가 이래 까부는 것 같아도,
그래도 신중한 궁서체입니다.

만세 삼창이 / 있겠습니다

만세 삼창이 있겠습니다!

만세! 만세!

만만세!

만세를 했더니 오늘 물이 참 좋습니다.

우리,
어깨동무해요

어디 사는지, 출신이 어딘지, 가방끈의 길이는? 나이가 얼마인지, 가족이 어떻게 되는지, 직업이 무엇인지, 종교가 무엇인지, 얼마나 능력이 있는지, 집에 화장실은 몇 개인지, 무슨 차를 타고 다니는지, 연봉이 얼마인지, 고상한 취미가 있는지, 얼마짜리 옷인지, 인맥이 어떻게 되는지. 촌스런 호구 조사는 그만해요. 경제적으로 우리 그저 어깨동무해요.

누구나 혼자 이곳으로 왔다가 홀로 가네요. 한 세기를 동시에 같이 왔다가 시대를 휩쓸고 가지요. 그러니 꼬리표 따지지 않고 그냥 사람 대 사람으로 벗이 되어 보기로 해요. 벌거벗고 물장구치며 멱을 감는

_삶의 매혹자

아이들 느낌대로 축복해 보기로 해요. 어떤 삶을 살든 사람을 응원해 주고 기도해 주기로 해요. 함께 기쁘게 인간의 길 걸어가요.

우리는 한 개의 커다란 숨을 나눠 쉬고 있어요. 그러니 '동지'예요. 큰 숨은 더욱 빠르고 큰 성장을 위해서 각자 한 사람, 한 사람으로 잘게 찢어졌지요. 그래서 자기의 뜻을 너비아니처럼 널리 펼쳐 더욱 하나가 되고 있어요.

나이가 들수록, 세월이 갈수록 사람은 사람을 더욱 기쁘게 할 거예요. 더 미안해지고 더 고마워할 거예요. 우리는 어제보다 오늘 더 사랑하게 될 거예요. 그래서 더욱 지적일 거예요.

어떤 일도 저항하지 않는다면 만사가 형통이에요. 어떤 사람도 거부하지 않으면 만인과 오동통 통해요. 물론 한 가지 일, 한 사람하고만 잘 통해도 만인형통입니다. 미워하고 싫어하는 반찬이 있다는 것도 즐거워요. 모든 핑계도 자세히 보면 옳아요. 그래야 사랑이 돋보이지요. 빛나지요. 모두가 사랑인 걸요. 우리 어깨동무해요. 그래서 더 신속, 정확하게 갑시다. 힘빼요. 저 큰 바다로 힘차게 흘러갑시다.

자신의 이야기를 /
해 봐요

'뭐라 카더라' 이런 통신 말고.

어디서 들은 얘기 말고, 베껴 오지 말고.

무슨 말인지 자기도 모르는 얘기 말고.

네 이야기를 들려줘요.

하나밖에 없는 너이어야만 할 수 있고

너만 가지고 있는 생활 이야기요.

사과는 시들기 직전까지 절대 시들지 않아요.

우린 자신을 기억해 내며 살았어요.

목적이라면 자신에게로 도달할 것! 그뿐이겠지요.

마침내 '아, 내가 누구였지!' 기억 화소가 선명해지면

화들짝 놀라거나 무릎을 치게 될 거예요.

아! 하하! 그렇구나.

오, 그대 나여! 이게 나인 걸! That Art THOU

나의 사랑 어여쁜 나여!

기뻐서 기뻐 가지고, 주책바가지 눈물이 나오게 될 거예요.

비로소 내 이야기가 터져 나올 거예요.

그러니 죄책감도 좀 즐겨 봐요. 비틀거려도 좀 웃어 봐요.

진짜 이야기가 나오게요.

자신감 없이 자신의 이야기를 해 봐요.

말주변 없이 더듬더듬 나의 이야기를 해야 해요.

급이 다른 이야기가 나오지요.

걱정 말고 들려줘요, 어서. 자기만 겪은 체험을요.

파토스, 에토스, 로고스를. 자신만의 스타일을요.

자신의 경험이 어떤 위인보다, 책보다 힘이 세요.

삶에 거친 비 온다 하면 먹구름 위로 올라가요.

거기서 별빛 한잔해요.

비는 때리라 하고 우리는 서로의 이야기를 맡아요.

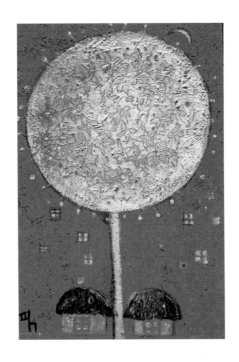

_삶의 매혹자

누가 싸잡고 말려도 ╱ 평화

척추 똑바로 세우고요.

입맵시 단정히 하고요.

하늘에 닿게,

사람에게 닿게,

곱살스런 삶에 닿게.

더 크고 명징한 고함을 질러요.

감탄사를 남발해요.

살아 있어 좋아요!

살아 있어 줘서 고마워요!

그대 반드시 평화로우세요!

가짜 평화는 줘도 먹지 말아요.

우리는 전쟁과 슬픔에 오래 매몰되지 않아요.

평화의 나라 전망을 냉철히 가졌지요.

각자 삶의 자리에서

투명하고 바르게 각 잡고 살아요.

지극한 평화.

누가 싸잡고 말려도 평화해요.

사랑하는 것이 제일 쉬웠어요, /
해요

초조한 사랑, 애가 타는 사랑. 네가 하늘이야 하는 사랑. 그럼에도 불구하고 사랑. 이런 사랑이 힘이 좋지요. 사랑하는 것이 제일 쉬웠어요, 우리 말해요.

힘 있는 것들 앞에서는 바짝 쫄고. 힘없는 자들 앞에서는 우쭐되는 사람. 아! 오즈의 맙소사! 귀여운 사람. 라면 먹고 얼굴이나 팅팅 불어버리세요.

아주 힘이 센 사랑은 콩만 한 아이와 나무 삭정이와 작은 조약돌까지 웃게 만들지요. 험하고 냄새나는 곳도 즐거이 코를 막고 가지요.
거침없이 가지요.

음, 클래식 분위기 나는 별밤, 사랑은 은은한 달이 되었지요.
사랑은 가슴이 쾌적하네요. 사랑만이 차올라서 그래요. 발바닥엔 굳은살이 차올랐어요. 머리에 살포시 앉고 있는 생각 천사들이 몰랑몰랑해요. 하이콘셉트 인간, 하이브리드 사람, 뽀대[4]가 나네요.

이런 사람이 내 이상형이에요. 사랑 밖에 할 줄 모르는 사람이요.

사랑하는 것이 제일 쉬웠어요, 하는 사람이요.

4) "키 커라, 키 커라." 어머니가 갓난아이의 무릎을 눌러 주면 아이가 두 팔을 죽죽 뻗지요. 그 모습이
보기 좋다는 뜻이 '뽀대'지요.

존경합니다 ╱

사랑은 사람을 포기하지 않네요. 지구별은 사랑이 지배하는 세상이에요. 그러니 확 펴요. 꿈과 비전을 당당하고 떳떳하게 받아요. 가치 있는 삶의 목적을 세웠잖아요. 이제 가슴을 펴고 받는 겁니다. 천 개의 비전을 깨뜨려요. 신념 방긋 가졌으니 결코 구겨지지 못할 거예요. 이쯤 되었을 때, 사람의 어떤 감정도 어떤 느낌도 어떤 생각도 존경받아 마땅합니다.

나는 당신의 하마하마 조바심을 존경해요.

삶이 힘들다고 축 처져 지낸 세월들도 지나고 보면 다 행복이네요.

가족이 아플 때 지새웠던 눈물들, 실패, 초조함, 장애, 부모님의 극성맞음, 삶의 불안, 다 행복이었어요. 모두 밝고 섹시한 추억들이지요. 그래서 나는 그대 전체의 삶에 존경을 표합니다.

당신의 극성맞음에 존경을 표합니다.
당신의 한숨과 불면의 밤을 존경합니다.
당신의 깜박깜박 건망증을 사랑합니다.

인간의 겁과 두려움을 존중합니다.
그대의 조바심을 존경합니다.
성질 마름과 성격 급함,
모든 성격들이 좋은 성격입니다.
당신의 생의 기피증을 사랑합니다.
편안하게 살지 않는 당신이 멋지답니다.
나를 들었다 놨다, 사랑을 배우게 해 주느라,
떠나 버린 애인에게 존경을 표합니다.

삶의 반짝이는 행복을 알게 해 준 수많은 먹구름들을 존경합니다. 무지렁이, '왕따'들과 밥을 즐겁게 드셨던 예수들에게 존경을 표합니다. 밥값 하시느라 낯선 이들이 오면 목이 터져라 짖어 준 우리 집 똥개를 사랑합니다. 기꺼이 싸구려가 된 하늘과 햇볕과 바람과 물에게 존경을 표합니다. 산소를 공급해 주는 동네 못생긴 모과나무를 존경합니다. 나를 버티게 해 준 천 일의 두통과 카페인 없는 두통약과 피로 쓴 시詩들을 존경합니다. 압박하면서 나를 사람 만들어 주는 그 다정한 '개새끼님'에게 존경을 표합니다.

나보다 먼저 이 세상에 와서 나를 낳아 주시고 내가 뭐라고, 당최 이해할 수 없는 바보 같은 사랑을 퍼부어 주시는 부모님을 존경합니다.

마지막으로 별 볼 일 없는 나를, 쥐뿔도 없는 지금의 나를
평범하고도 명확하게 사는 나를 인간으로서 존경합니다.

달링 목 빠지게 / 기다리고 있어요

고맙고 감사합니다.
제가 뭐가 예쁜 구석 있다고
이렇게 사랑해 주는지요.
그러니 제가 더 낮게 흐를 수 있지요.
항상 당신이 옳습니다.

달링, 내 사랑. 얼마든지 찌그러져 있을게요. 알아서 길게요.
헌 집줄 테니 새집 줘요. 그 지위를 나 줘요.
나자빠져 회생 불가능할 때까지는 내버려두지 마시고요.
희망 고문해 주세요. 적당히 밀고 알맞게 당겨 주세요.

예말이오. 옛말이오. 내가 왕년에 코 질질 흘리는 애송이였다는 것
은 옛말이오. 나는 지금 성인용이에요. 나 지금 여기 꽃받침하고 있어
요. 가련하고 있어요, 달링 목 빠지게 기다리고 있어요.

_삶의 매혹자

우리 /
신나요

그렇다고 내가 '팩트'만 전달하느라
단호하기만 하면
어떻게 너하고 어깨동무를 하겠어요.
어디, 나도 좀 귀여워 봅시다.
애교를 떨게요.
아부를 할게요.
당신에게 스며들려고요.
좀 밝히어 보려고요.
그래도 알아요.
내가 아니어도 된다는 것을요.

하지만 나여야만 하는 이유도
서른 두 가지 들 수 있어요.
그래요. 우리 같이 신神!
나자고요.

_ 삶의 매혹자

신나게 살면 아무도 안 아프잖아요.

신나게 살면 누구든 마음 놓고 아파도 괜찮잖아요.

나의 아부는
거의 간신 수준입니다

사랑을 높여요. 사람이 절대 희망이라고 치켜세워요.

나는 인간이 사랑스럽기 그지없습니다.

꼬장꼬장 살아 있기만 해도

100세 나주 배 '할배'도 꿈나무죠.

숨만 쉬어도 행복이 있게 되어 있습니다.

지구는 멋진 땅이에요.

나는 내가 참 좋아요.

모두가 나여서 신이 나요.

전부가 나여서 정겨워요.

잘했어요. 살길 참 잘했어요.

고마워요. 거기 있어 줘서 감사해요.

당신이 최고예요. 당신이 기뻐요.

숨만 쉬어 줘도 당신이 좋아요.

귀여운 나의 아부는 거의 간신 수준입니다.

_ 삶의 매혹자

나를
선사합니다

지금 여기의 세계를 활짝 열었어요.

사랑이 흘러 들어오게요.

새 판을 폈어요. 지금 직방으로요.

머리는 바보만큼 비우고

손에는 상쾌한 바람이 왔다 갔다 해요.

움켜쥐어 봤으니 내려놓을 줄도 알아요.

발은 장미꽃잎 밟듯이 장엄하고요.

내가 지금 그래요.

걸음걸음 물오르는 삶에 나를 선사해요.

축하로 존재의 계보를 활성화했지요.

삶을 숭배합니다. 우리에게 축하드립니다.

나는 이제 꽃 한 다발이 되었어요.

상쾌한 나를 선사합니다.

전국 꽃 배달됩니다.

축하합니다. 축하해요.

우리를 축하합니다.

나는 까다로워요.

희망 감각 예민하지요.

깨달음의 감각을 깨우고 있어요.

신명나게 살 만한 느낌들에요.

그 느낌에 집중할 수 있게 두 눈 부릅떴어요.

잘 느낄 줄도 알고요.

사랑을 표현하는 것에는 천재지요.

멍청하게 속지 않아요. 나는 진짜를 꽤 알고 있죠.

철들고 있어요. 더 밝고 환해지는 중입니다.

자연과 사람을 흥청망청 향하고 있어요.

아름다운 가치를 힘써 지키고 버티지요.

단순해요. 담백해요. 맛이 가지 않게 애써요.

착하고도 강하겠습니다.

나의 뜻에 정성과 최선을 다합니다.

복 주심에 감사한 줄도 압니다.

동행해 주시니 든든해할 줄도 압니다.

_ 삶의 매혹자

환하고 맑아지게 하는 센스가 있어요.

훌륭한 내가 태어난 위대한 우리 동네.
나는 준비되었습니다.
이정도면 품질 괜찮다고 봅니다.
거기 우뚝 계세요.
내가 우르르 달려갈게요.

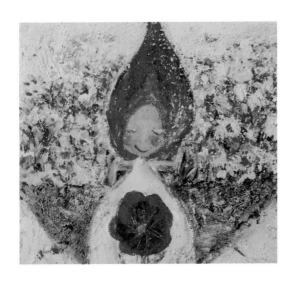

마음껏 /
살아

사랑은 생명을 주는데
더 풍성하게 주네.
사랑이 부자야. 알부자.
이거 믿고 살아. 마음껏 달려.
인생 가벼이 산다고 비웃지 마.
22세기는 심각하게 사는 이가 멍청이.

자, 간다. 달려간다.
생명의 강물을 벌컥 들이켜.
한 바가지로 빨리 달리자.
장단 맞추어 가자.
즐거운 비명을 지르며 달리자.
살자. 사랑하자. 뜨겁자.

기쁜 노래 부르면서 빨리 살릴 테다.

_삶의 매혹자

로켓처럼 전율해.

죽음이가 나를 못 따라잡게.

모든 생명이 나를 휙휙 지나쳐 가게.

다시 나를 돌아보게.

죽음보다 내가 먼저 여기를 뜨게.

종소리야. 울려라.

나를 힘차게 울려라!

흰 눈 사이로 썰매를 타고

달리는 기분 상쾌도 하구나.

나, 사랑에 미친 삶의 매혹자.

고상한 왕처럼 여길 떠날 테니까.

모두 다 사랑했어.

내가 두루두루 사랑해 주었잖아.

성은이 망극하였겠지.

괜찮아. 나는 사랑이니까.

할 도리를 한 거니까.

앞으로 계속 사랑할 거야.

우리는 불멸이잖아.

그러니 죽을까 봐 걱정 말아.

마음 놓고 살아.

우리는 죽을지언정 죽지 않을 거잖아.

그것을 알잖아.

어떤 인생도 만사형통일 테니

마음껏 살아. 마음대로 살아.

마침내 마음껏 돌아가셔.

오! 징글벨.

_ 삶의 매혹자

사랑이 활짝 ╱
펐나이다

　펐나이다. 잘도 펐나이다. 뒤숭숭한 우리 어깨 위 황금 날개 펴졌나이다. 사랑은 오늘도 활짝 펐나이다. 역사의 전성기는 지금입니다.
　사랑의 르네상스는 방금. 금방, 오! 지금! 이 순간이 사랑의 절정입니다. 지금 여기뿐입니다. 내 일생에 단 한 번뿐인 지금 이 풍경. 사랑의 장엄한 오르가슴. 사랑이 활짝 펐나이다. 형편이 펴지나이다.

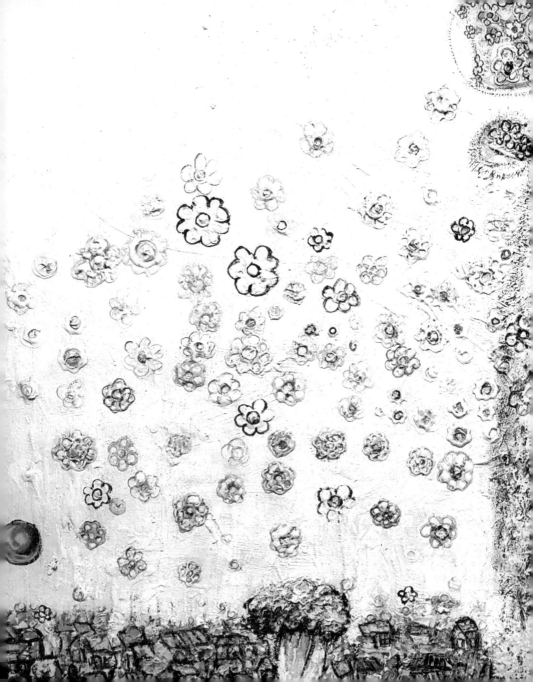

고맙습니다 ╱

그대의 삶을 귀하게 여깁니다. 나의 삶도 통촉하여 주세요.

주신 삶에 진심으로 감사의 말씀 전합니다.

고맙습니다. 모두들 고맙고 감사했습니다.

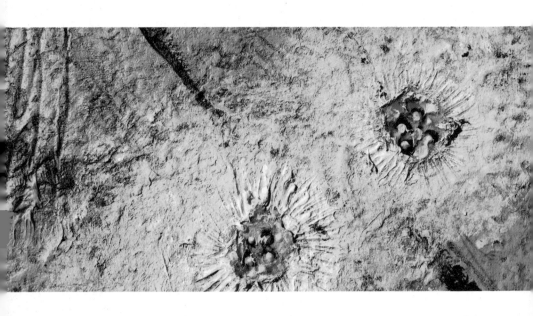

_삶의 매혹자

천 번의 ╱
키스

삶에 천 번의 키스,

사람에 빛나는 윙크를!

삶은 축제. 축하의 키스!

나의 삶은 키스! 너의 인생을 키스!

사사건건 모든 것과 키스!

만사오케이. 만인오케이.

사랑합니다.

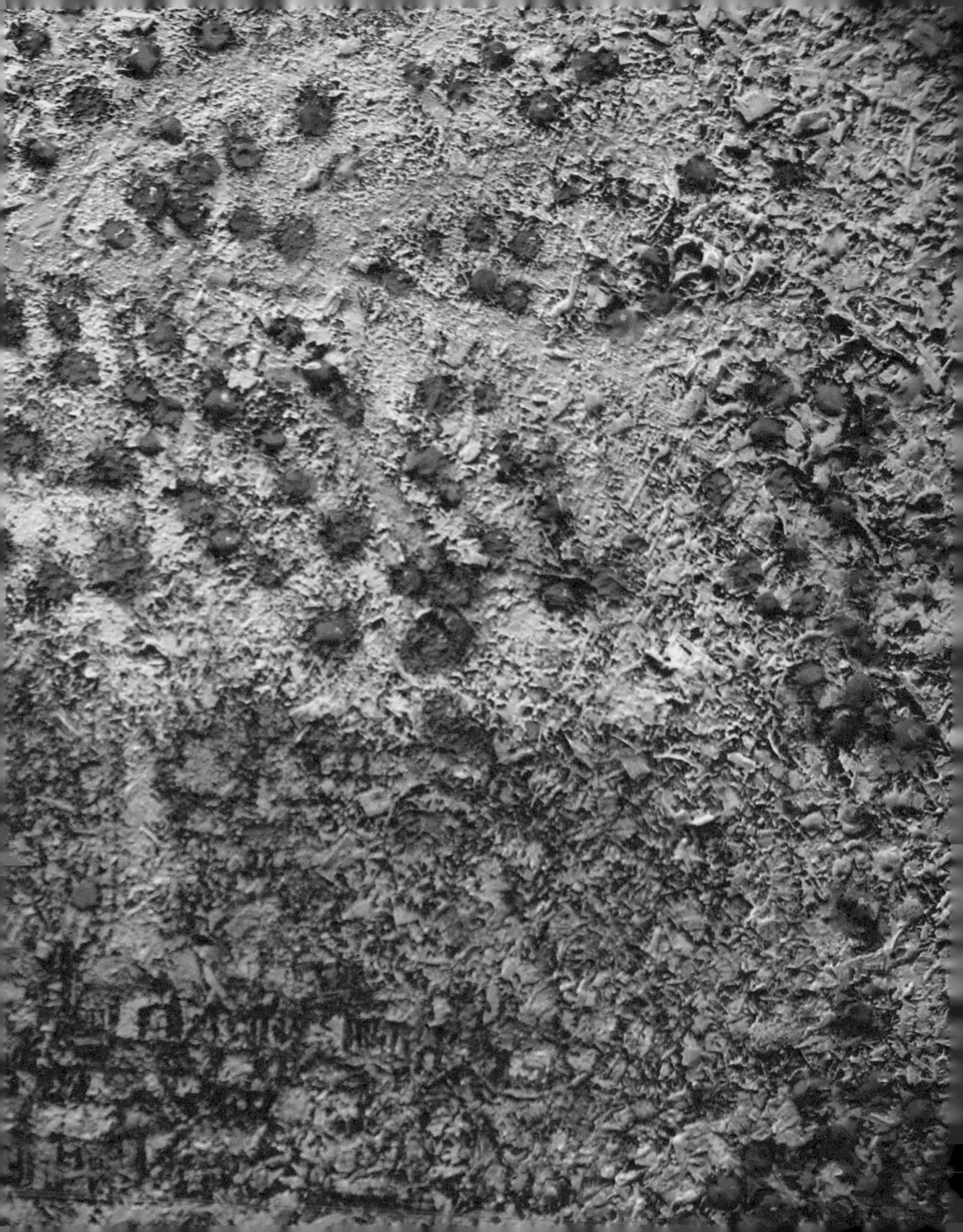

이제 등잔에 기름을 채워요.
넘어진 심지를 세워요.
무섭고 어둔 나라에는 불로 오셔요.
타는 사막에 오아시스로 오셔요.
이마에 땀을 식혀 주는 바람으로 오셔요.
지금 빨리 춤추며 오셔요.
우르르 꽃다발처럼 오셔요.

사랑에 보금자리 틀고 안녕하세요.
오래 정성껏 살아남아 주세요.
삶의 매혹자들이여! 힘내요.

_ 삶의 매혹자

마지막으로

무지한 내가 사랑하느라 **민폐 끼쳤을 인연들**
나 살리느라 내 밥이 되셨던 만물들에게
미안한 마음 전하고 싶어요.

용서하세요.

죄송합니다.

고맙습니다.

찬란한 우리.

지금이 아름다운 시간.

안녕!

우리 감동 있게 안녕!

By Ms. Yeah

당신에게 드릴 /
미소 한 다스

   내 인생 모조리 긁어모아 가장 멋진 미소를 지어 그대에게 선물할 거예요. 내 깜냥 제일 따뜻하고 인간적인 눈빛을 지어 보일 거예요. 내 미소가 그대의 휴식이 될래요. 살아 있는 것이 고마워서요.

   성은이 망극하여서요.

   빚을 억수같이 지은 것 같아요. 이 은혜를 어떻게 갚아야 할지가 나의 축제예요. 내 미소가 감히 선물이면 좋겠어요. 사랑합니다.